DU MÊME AUTEUR

Le Lac noir, Actes Sud, 1991 ; Babel n° 117.
En la forêt de longue attente, Seuil, 1991.
Le Maître de la descente, Actes Sud, 1994.
Une liaison dangereuse, Seuil, 1995.
En transit, Actes Sud, 1995.
Les Seigneurs du thé, Seuil, 1996.
Les Routes de l'imaginaire, Actes Sud, 1996 ; Babel n° 313.
La Ville écarlate, Seuil, 1997.
Le Génie du lieu suivi de *La Gloriette*, Actes Sud, 1998.
La Source cachée, Actes Sud, 1998.
Locataires et sous-locataires, Actes Sud / Leméac, 1999.
Des nouvelles de la maison bleue, Actes Sud / Leméac, 2000.
Des jardins de Bomarzo, Seuil, 2000.
Un long week-end dans les Ardennes, Actes Sud / Leméac, 2001.
Viser les cygnes, Actes Sud, 2002.

UN GOÛT D'AMANDES AMÈRES

Titre original :
Een nieuwer testament
Editeur original : EM. Querido's Uitgeverij B.V., Amsterdam

ISBN 2-7427-0993-2

Illustration de couverture :
Sir Lawrence Alma-Tadema, *Une lecture d'Homère* (détail), 1885
Philadelphia Museum of Art

HELLA S. HAASSE

UN GOÛT D'AMANDES AMÈRES

roman traduit du néerlandais
par Anne-Marie de Both-Diez

BABEL

AVERTISSEMENT DU TRADUCTEUR

Pour l'uniformité du récit, les noms latins des protagonistes ont été maintenus, bien que certains d'entre eux connaissent une forme francisée.

Ainsi Claudius Claudianus pour Claudien, Stilicho pour Stilicon. Par contre, nous avons opté pour les noms francisés des héros de l'Antiquité et des monuments historiques considérés comme familiers au public francophone.

L'action se situe à Rome, les 5 et 6 juillet de l'an 417 après Jésus-Christ.

Claudius Claudianus, présumé natif d'Egypte – dates de sa naissance et de sa mort inconnues –, dernier poète classique de Rome, a écrit et publié en latin de 394 à 404 après Jésus-Christ.

Qui fuerat genitor, natus nunc prosilit idem
Succeditque novus : geminae confinia vitae
Exiguo medius discrimine separat ignis.

CLAUDIUS CLAUDIANUS, *Phœnix.*

(D'un coup d'ailes, il surgit de ses cendres,
Le fils issu du père, qui soi-même s'engendre
Et entre les confins de ces deux existences
Seul le feu établit une infime distance.)

I

La portière de cuir s'est refermée derrière les soldats. Les inculpés reconnaissent l'espace hermétiquement clos du prétoire. Quelque chose a changé. Qui les contrarie. Derrière les baies en plein cintre ménagées dans la maçonnerie, entre les pilastres, la lumière incertaine du petit matin, encore voilée de brume. Chacun de ceux que l'on vient d'amener connaît le secretarium* du préfet. Cela date d'avant la conquête par les Goths. Certains d'entre eux ont comparu ici, un jour ou l'autre, comme témoins, d'autres comme plaignants, l'un d'eux même, dix ans plus tôt, en tant qu'accusé. A l'époque, la salle donnait sur une cour intérieure et sur les murs du temple de Tellus par-delà un péristyle. Aujourd'hui, ne reste plus du monde extérieur que le reflet de la lumière sur les renfoncements des fenêtres haut placées.

Le seul qui ne laisse pas errer son regard à l'entour mais le concentre sur la partie du carrelage qui se trouve à ses pieds – méandres de mosaïque,

* Les mots suivis d'un astérisque sont explicités dans le glossaire en fin de volume.

noirs et blancs – devine, aux changements qui se sont opérés dans la nature des bruits ouatés (ils n'avaient pas cessé de l'être), que le préfet vient d'arriver. Quelqu'un déplace un siège.

Dans le champ de vision du préfet, au premier plan (prétoriens et fonctionnaires appartenant à sa suite ne sont plus pour lui qu'un décor, naturel en pareille circonstance, et qui échappe presque à sa perception consciente) : six hommes, dont trois lui sont connus personnellement ; tout à l'heure, en s'adressant à eux, il les désignera par leurs nom et prénom, il les attendait, leur présence ici est le résultat de longues et minutieuses manœuvres. Il peut s'offrir le luxe de les ignorer, de retarder de quelques instants la confrontation avec leur regard froid et leur visage qui ne trahit aucune émotion. Un coup d'œil, donc, des plus brefs, sur les trois autres d'abord ; aucun d'eux ne lui semble tout à fait étranger. Ses yeux s'attardent sur le dernier de la rangée, celui qui détourne son visage. Barbe au menton, toge élimée, drôle d'oiseau parmi les patriciens. Il détonne et pourtant le préfet sent confusément que l'homme jouera un rôle crucial. Il fouille dans sa mémoire, parcourt rapidement les différentes strates de ses activités : un lieu, une époque, un événement ? Dans le même instant, il sait qu'il y a autre chose, que les racines du malaise qu'il éprouve sont beaucoup plus profondes. La satisfaction qu'il tirait de l'arrestation – enfin ! – du groupe qu'il considère comme dangereux pour la sûreté de l'Etat n'est plus sans mélange. Cette affaire ne signifie pas une victoire sereinement savourée d'avance, une démonstration de suprématie. La gangrène s'y est mise.

Il fait un geste de la main dans la direction de ses fonctionnaires.

— Aujourd'hui, troisième jour des Nones de juillet, à la cinquième heure avant le coucher du soleil, moi, Aulus Fronto, commandant de la 3e division de la garde prétorienne, j'ai fait, avec mes hommes, une descente au domicile de Marcus Anicius Rufus sur le Janicule. J'ai trouvé Marcus Anicius Rufus et son épouse Sempronia en compagnie de quelques seigneurs qui, cédant à notre injonction, ont décliné leur identité : Marcellinus Maximius, Flaccus Vescularius, Gaius Agirius Flestus, Quintus Fulcinius Trio. Le service était assuré par trois esclaves, Phœbus, Milo, Herman. L'enquête a fait apparaître que le reste du personnel avait reçu l'ordre de ne plus pénétrer dans cette partie de la villa après la troisième heure. Quand je suis entré dans le tablinum*, la situation était la suivante : des lits de table étaient disposés de telle sorte qu'ils formaient ensemble trois côtés d'un rectangle. Marcus Anicius Rufus, son épouse et leurs hôtes, ci-dessus nommés, étaient allongés, le dos tourné vers des tables sur lesquelles je vis les reliefs d'un repas. Dans l'espace ainsi créé, un homme et une femme, se nommant Pylade et Urbanilla, mimes de leur profession, interprétaient, à la prière de Marcus Anicius

Rufus, selon leurs dires, la danse d'amour du dieu païen Bacchus et de sa compagne, Ariane, représentation interdite en vertu d'une ordonnance rendue par notre auguste empereur Honorius, dans la douzième année de son règne. Dans les jardins, j'ai découvert deux autres membres de cette compagnie artistique, l'haltérophile Balcho et un nain, Homullus, déguisé en Priape. Un autel païen était prêt. Au cours d'une perquisition, j'ai trouvé, dans les antichambres, des coqs vivants enfermés dans des corbeilles de vannerie ; il y avait aussi des coffrets remplis d'instruments et d'objets habituellement utilisés pour les sacrifices et l'examen des entrailles. Les trois esclaves ont vu les corbeilles, mais prétendent ignorer qui les a déposées là. Les hommes qui, sur mes ordres, surveillaient le terrain accidenté entourant la villa, ont mis la main sur un individu caché dans les buissons et disant se nommer Niliacus, sans domicile fixe. Il nie tout contact avec Marcus Anicius Rufus et sa maison. Lors d'une confrontation, toutes les personnes présentes ont affirmé n'avoir jamais vu cet homme, à l'exception toutefois de Marcus Anicius Rufus, visiblement réticent. A la vue des moyens de contrainte dont nous disposons, l'esclave Milo a déclaré que la personne du nom de Niliacus s'était déjà trouvée une fois dans la villa, et ce, le jour de l'entrée triomphale de notre auguste empereur Honorius, il y a trois semaines, à l'heure où se couche le soleil. Les livres, les lettres et autres documents trouvés dans la bibliothèque de Marcus Anicius Rufus ont été saisis par moi et déposés sur le bureau du préfet pour y être placés sous scellés.

Hormis Marcus Anicius Rufus, tous les inculpés ont été reconduits dans l'antichambre. L'interrogatoire peut commencer.

Le préfet ne prend pas tout de suite la parole. Il ne regarde pas non plus l'accusé mais contemple sa propre main droite, qu'il tient plaquée, les doigts écartés, sur l'accoudoir du fauteuil. Une épaule à peine plus haute que l'autre. Les plis de la toge glissent le long de son bras tendu. La jambe allongée laisse voir un pied chaussé de rouge qui pointe au bord de l'estrade. En raison de ces arrestations, on l'a réveillé plus tôt que de coutume, avant le lever du soleil. Rien n'a pu dissiper de son esprit le songe étrange qui l'a visité vers la fin de la nuit, pas même la nouvelle impatiemment attendue du transfert de Marcus Anicius Rufus et de ses amis à la préfecture pour une procédure d'urgence.

Il se trouvait le long d'une côte sauvage et désolée. De hautes falaises, sans une trace de végétation, tombaient à pic sur une étroite plage de galets et se refermaient sur une baie en demi-lune, abandonnée malgré des traces de présence humaine. Le soleil était absent, la mer grise. La roche avait été façonnée de manière à représenter la façade d'un temple ; une rangée de colonnes taillées à même le roc supportait une frise triangulaire surchargée de figures imprécises, peut-être de simples formations rocheuses. De larges marches, qui s'effritaient en de nombreux endroits, descendaient vers la mer. Entre les colonnes, des sculptures dégradées : la plus surprenante, un relief représentant une main droite levée pour prêter serment. Dans ce rêve, lui, debout, entendait crier son nom.

Une fois bien éveillé, en train de se vêtir, il s'est avisé qu'il avait dû entendre la voix de son secrétaire.

— Marcus Anicius Rufus, vous êtes accusé d'avoir organisé une réunion à votre domicile pour y pratiquer secrètement la magie en vue d'entraîner la perte de notre auguste empereur et la ruine de l'Empire. Reconnaissez-vous les faits ?

— J'ai convié quelques amis à un dîner suivi d'un spectacle artistique. Je ne vois là rien d'inhabituel, moins encore de condamnable.

— Ce spectacle présentait le caractère d'un rituel païen. Les danseurs s'apprêtaient à accomplir publiquement l'acte de chair.

— La compagnie portait sur scène le mythe de Bacchus et d'Ariane. J'avais demandé une représentation artistique, non pas des scènes érotiques, que je n'aurais d'ailleurs pas tolérées.

— La tenue du nain ne laissait subsister aucune équivoque.

— Je n'ai pas vu ce nain déguisé. Les artistes se sont costumés tandis que nous dînions. Je savais seulement qu'ils devaient présenter un numéro tiré du répertoire classique de mime. Au moment où le centurion et ses hommes ont fait irruption dans ma maison – un cas de violation de domicile contre lequel je tiens à protester énergiquement – les danseurs mimaient en effet une étreinte. Mais toutes les personnes présentes, à commencer par les artistes eux-mêmes, peuvent témoigner qu'à aucun moment il n'a été question d'autre chose que d'un simulacre.

— Les acteurs ne sont pas habilités à témoigner, vous devriez le savoir. Le commandant Aulus Fronto a le droit de s'introduire partout où il flaire le danger. Lui et ses hommes sont unanimes à déclarer que l'attitude des danseurs ne pouvait prêter qu'à une interprétation.

— L'entrée de la garde prétorienne a provoqué quelque confusion. A ce moment-là, aucun de nous ne regardait les artistes. Selon moi, les impressions du commandant et de ses hommes reposent sur une illusion d'optique.

— Mais vous reconnaissez tout de même avoir demandé que soit interprétée la danse d'amour des dieux païens Bacchus et Ariane. Cela suffit amplement.

— Encore une fois, je le répète : sur ce point, je suis resté dans la ligne de vénérables traditions culturelles...

— Les citoyens romains conscients de leurs responsabilités savent de nos jours se livrer chez eux à d'autres divertissements. Le rapport signale en outre que mes hommes ont trouvé, dans l'une de vos antichambres, enfermés dans des corbeilles, des coqs vivants, sans aucun doute destinés à être immolés.

— Aucun ordre relatif à des victimes sacrificielles n'a été donné dans ma maison. J'ignore qui a apporté les coqs et qui en a pris livraison.

— On sacrifie souvent dans votre maison. Des fleurs fraîches avaient été déposées sur votre autel domestique et au pied des statues d'idoles.

— Il n'y a jamais eu et il n'y aura jamais de victimes propitiatoires sous mon toit.

— Vous jouez habilement sur les mots. Dans votre jardin, en plein air, donc pas sous votre toit, je vous l'accorde, se trouvait un petit autel, de ceux qui se montent et se démontent rapidement.

— Je n'en sais absolument rien. Il faisait sombre dans le jardin. Je n'ai pas jugé utile de faire d'abord inspecter les accessoires des mimes.

— La jurisprudence relative aux procès concernant la magie fournit d'innombrables exemples de rituels qui ressemblent à s'y tromper à ce qui devait manifestement avoir lieu à votre domicile, la nuit dernière : un spectacle lascif, qui se termine par le sacrifice d'un coq, incluant ce que l'on est convenu d'appeler la consultation des entrailles, et ce dans l'intention d'obtenir une réponse sur la durée de la vie de l'empereur et d'influer sur elle, bref, un odieux préambule à une haute trahison. C'est un fait indéniable que les instruments nécessaires à ce genre de pratiques ont été trouvés dans votre maison, prêts à servir.

— Je vous conseille malgré tout, ne fût-ce qu'à titre officieux, de questionner les artistes. N'étant ni citoyens à part entière, ni responsables juridiquement parlant, peut-être en savent-ils justement plus long que vous ou moi.

— Vos sarcasmes sont déplacés. Je me suis renseigné jusque dans les moindres détails. Pour des raisons faciles à comprendre – respect de la loi, crainte de représailles de la part d'individus qui font leur gagne-pain des sacrifices et des divinations – les mimes n'ont jamais sur eux les vrais attributs utilisés jadis par les prêtres au cours de telles pratiques.

— Je puis vous assurer qu'aucune des personnes présentes cette nuit, dans ma demeure, ne s'estime qualifiée pour célébrer des sacrifices comme ceux auxquels vous faites allusion.

— Vous n'avez pu fournir aucune explication satisfaisante concernant l'homme qui dit s'appeler Niliacus.

— Je répète ce que j'ai déjà dit : j'ignorais sa présence, cette nuit, sur mon terrain. Je ne sais ce qu'il y faisait.

— Pour vous mettre sur la voie : n'attendait-il pas un signe convenu ? Vous l'avez déjà rencontré.

— Je refuse d'engager une discussion sur les allégations d'un esclave qui redoutait la torture.

— En répondant franchement, vous épargnerez à cet esclave de réelles souffrances et à vous-même la peine d'inventer des explications pour ce qu'il vous sera finalement impossible de nier.

— Puisque vous semblez résolu à me déclarer coupable, dictez-moi donc les réponses que vous attendez de moi.

— Avez-vous, oui ou non, convoqué cet homme, Niliacus – dont l'identité, les origines et le mode de vie restent si singulièrement nébuleux – dans le dessein de lui faire sacrifier des coqs et rendre les oracles au cours de la réunion que vous organisiez ?

— Non, c'est faux.

— Marcus Anicius Rufus – contrairement, hélas, au reste de votre famille, très honorable aujourd'hui comme hier –, vous n'êtes pas chrétien. Vous restez, nous le savons, obstinément attaché à des pratiques païennes d'un autre âge, à un mode de vie dépassé. Vous refusez d'admettre que les temps ont changé. Nous avons mémoire de vos paroles et de votre comportement devant le Sénat dans des circonstances décisives – vous n'avez jamais pu dissimuler le mécontentement que vous inspirait la nouvelle situation, pis encore, vous avez critiqué, sans vergogne, les convictions de notre auguste empereur Honorius et de ses conseillers. La rumeur publique prétend que vous prônez l'opportunité d'un retour aux anciennes valeurs. De même, les sympathies politiques de vos hôtes ne font aucun doute. Inutile de nier. Je tiens mes renseignements de source sûre. Ce ne serait pas la première fois qu'un coup d'Etat serait organisé sous le couvert d'un dîner entre amis – accompagné d'offrandes criminelles et de prédictions camouflées sous les bouffonneries de prétendus artistes.

— Vous n'avez aucune preuve.

— Il me suffit d'être fixé sur la nature et les intentions de la représentation que vous donniez à votre domicile.

— Dans ce cas, j'exige une assistance judiciaire.

— Etant donné le caractère accablant des charges portées contre vous, cette assistance est superflue.

— Ce qui les rend accablantes, c'est votre interprétation des faits. Vous et vos fonctionnaires, vous avez grossi cette affaire hors de toute proportion. En réalité, je n'ai rien fait d'autre que d'inviter le mime Pylade – dont je me souvenais pour l'avoir vu se produire autrefois – à venir divertir mes hôtes, en présentant un des numéros du répertoire qui avait fait ses grands jours. Avant le dessert, j'ai fait placer les effigies de mes ancêtres et les dieux du foyer sur la table et fait des libations en leur honneur. Cela s'appelle aujourd'hui idolâtrie, cela tombe sous le coup de la loi, je le sais. Je suis disposé à payer l'amende que vous m'imposerez. Je déclare, sur la foi du serment, qu'il ne s'est rien passé d'autre. Finissons-en avec cette indigne comédie.

— Nous tournons en rond, Marcus Anicius Rufus. Vous ne pouvez nier la présence, dans votre demeure, de personnes et d'objets compromettants et vous ne pouvez davantage en fournir une explication satisfaisante. L'affaire est grave. Vous êtes soupçonné de crime de lèse-majesté.

— En d'autres termes : vous voulez ma perte et celle de mes amis. Je comprends maintenant que le commandant de la garde ait pu s'arroger le droit de s'introduire chez moi. Cette descente de police était préméditée.

— Je ne suis qu'un instrument de la police. Personnellement, je suis consterné par ce qui vous arrive, à vous et à vos amis. Si vous deviez être démis de vos fonctions, dépouillé de votre puissance et de vos richesses, vous m'en verriez affligé. Et pourtant, vous ne m'inspirez aucune pitié. Vous êtes de ceux qui doivent tomber très bas avant de pouvoir découvrir la vérité. Vous vous êtes toujours bouché les yeux et les oreilles devant l'ordre nouveau. Vous vous êtes élevé, avec morgue, contre l'esprit de l'ère nouvelle. Que vous ayez essayé de dévier le cours du temps par des formules incantatoires et de sanglantes offrandes, que vous vous soyez mêlé de choses sur lesquelles seul Dieu a la haute main, voilà qui prouve assez à quel point vous vous situez hors de notre époque. Mon plus cher espoir est que ce qui vous arrive aujourd'hui vous amène à faire un retour sur vous-même et vous enseigne l'humilité et la voie du vrai salut.

— Frappez-moi s'il le faut, mais épargnez ma famille et mes amis.

— Je ne peux ménager aucun de ceux qui étaient sur les lieux cette nuit. Même si j'ai le cœur qui saigne, je dois appliquer les lois.

— Appliquez-les donc, mais faites-moi grâce de vos belles paroles.

— Je me demande si vous pourrez conserver cette attitude stoïcienne… dans toutes les circonstances.

— J'ai dit ce que j'avais à dire, rien au monde ne pourra m'extorquer d'autres déclarations. Je connais mes amis, ce que je dis vaut aussi pour eux.

— Cet homme, ce Niliacus, il est clair qu'il n'appartient pas au cercle de vos amis de haut rang.

Peut-être se montrera-t-il plus… docile. Ou devrais-je dire : plus sensible à certaines méthodes coercitives, s'il faut en arriver là.

— Il est parfaitement étranger à cette affaire.

— Pas pour moi, tant que j'ignorerai les raisons de votre entrevue avec lui.

— Il s'agissait d'une question sans intérêt, strictement personnelle.

— J'ai l'impression que vous, en tout cas, vous avez intérêt à le couvrir.

— C'est tout à fait par hasard que j'ai aperçu cet homme dans la rue. Il ressemblait à quelqu'un que j'ai connu autrefois. Lorsque je l'ai invité à venir chez moi, j'ai découvert mon erreur.

— Quand était-ce ?

— Mon esclave vous l'a dit : le jour de l'entrée triomphale de l'empereur Honorius, il y a trois semaines.

— A qui ressemblait-il donc, selon vous ?

— Cela n'a rien à voir avec cette affaire.

— Pourtant, cela m'intéresse au plus haut point.

— Suis-je ici pour satisfaire une curiosité de vieille commère ou pour répondre au premier magistrat de la Cité ?

— Vos insultes ne font qu'aggraver la situation. Pensez à votre charmante épouse Sempronia que je dois encore interroger. Vous refusez toujours de me donner la réponse ? C'est bien, ce Niliacus, lui, me la fournira tout à l'heure.

— Je sais seulement qu'elle ne sera pas ce que vous voulez entendre à tout prix. Puisque la possibilité de me défendre m'est refusée et que vous avez décidé de me perdre, il est inutile de poursuivre cette discussion. Désormais, je ne vous adresserai plus la parole.

Les déclarations des quatre autres, les invités de Marcus Anicius Rufus, sont concordantes. L'un après l'autre, ils sont conduits devant le préfet. Ils réagissent différemment, selon leur tempérament et leur plus ou moins grande aptitude à garder leur sang-froid : les uns crispés, les autres affectant, non sans succès, l'indifférence, tous non rasés, portant sur le visage les traces d'une nuit blanche, mais drapés dans leur toge, plissée, comme le veut le protocole, sur le bras et l'épaule. Tous les quatre, à l'instar de leur hôte, réclament à tour de rôle des avocats. Quatre fois, le préfet refuse, faisant remarquer qu'en sa qualité de représentant de la plus haute autorité de la Cité, il détient tous les pouvoirs, qu'il est même le seul habilité, dans un tel cas, à prononcer un jugement à huis clos, sans jurés, sans consilium*, sans défenseurs, et ce, dans les vingt-quatre heures.

Non, ce n'était pas la voix de son secrétaire qu'il avait entendue. Un appel lointain, dont une sorte de houleux écho lui parvenait à peine et dans lequel les deux *a* de son nom produisaient un son filé : Hadrianus ! Un cri venu de la mer, contre le vent. Lui-même se tenait, à ce moment-là, sur la plus basse marche du large escalier ; chaque vague étalait sur le granit une mince pellicule luisante. Dans son rêve, il voyait les myriades de galets bouger sous l'eau, sur la plage en déclive. Les éclats de mosaïque, au pied de l'estrade, scintillent comme des gravillons humides. Le soleil brille plus haut dans le ciel, l'ombre a presque déserté les coins du prétoire. Près de la porte par laquelle Quintus Fulcinius Trio vient d'être reconduit, s'élèvent encore quelques rumeurs, des pas résonnent dans les couloirs hauts et froids. Des soldats de la garde appellent d'une voix mate celui qui doit à son tour se présenter à l'interrogatoire. On entend le cliquetis assourdi de leurs armes, de leurs cnémides, des lanières de cuir cloutées de leurs cuirasses. Les fonctionnaires, en demi-cercle derrière le préfet, échangent des propos à voix basse. Il perçoit le friselis des plis de leur robe, les froissements qui accompagnent leurs gesticulations, quelqu'un étouffe un toussotement. Il sait qu'il lui suffit de frapper de son anneau sigillaire le bras de son siège pour rétablir le silence absolu auquel il tient par-dessus tout pendant une audience, comme il tient au mur de statues vivantes derrière lui, décor qui souligne l'attitude de digne et hiératique attente qui sied au vicaire de sa majesté. Pourquoi, d'un revers de la main, n'utilise-t-il pas l'onyx qui orne son annulaire afin de rétablir l'ordre dans sa suite ? N'est-ce pas une preuve de plus du désarroi qui s'est emparé de lui lorsqu'il a vu comparaître les inculpés ? Il sent que quelqu'un entrave son action, que quelque chose d'inexplicable le tient en échec, lui dérobe une satisfaction qui lui revenait de droit, l'atteignant ainsi dans ce qui est l'essence même de son existence : la foi en sa fonction. L'arrière-goût d'un rêve ?

Derrière l'impressionnante façade à colonnes, une paroi rocheuse, impénétrable et devant lui, à perte de vue, la mer, tout aussi implacable. Hadrianus ! Cela ne ressemblait pas à une invitation, ce n'était pas non plus un salut. Le son s'éloignait, alangui, mélancolique, et lui, Hadrianus, debout sur l'extrême bord de ce lieu sans profondeur, sans paysage, à la limite du songe et de l'éveil, avait compris l'ampleur de sa solitude.

— Niliacus, rien d'autre ? Pas de prénom, pas de nom de famille ? Etranger ?

— Né au bord du Nil, comme le nom l'indique, mais à Rome depuis longtemps.

— Tu n'es donc pas citoyen romain ?

— Ni plus ni moins que vous-même.

L'impassibilité étudiée du préfet cède la place à une brusque et instinctive réaction de défense qui le fige sur place. Du même coup, se creuse autour de lui un silence encore plus palpable, comme si chacun retenait son souffle. Y a-t-il plus romain que le plus haut magistrat de la Cité, siégeant à la tribune ? La peau basanée, si tendue sur les pommettes, le front et le menton qu'elle semble avoir été polie, les tempes grisonnantes, la distinction du nez bien coupant et les yeux – aussi sombres et opaques que le chaton de son anneau –, la dignité encore soulignée par les plis impeccables qui l'enveloppent des épaules à la pointe de ses chaussures. Plis et faux plis, verticaux et horizontaux, à peine ombrés de bleu sur le fond blanc laiteux brisé seulement par la large bande pourpre de la dignité sénatoriale, ligne irrégulière, qu'on eût dite de sang. Pour la première fois depuis de nombreuses années, le préfet sent s'agiter en lui, lancinants comme d'anciennes cicatrices, des sentiments qu'il croyait bannis à jamais. Il soupçonne que tous les officiers qui se tiennent derrière lui ont soudain présent à l'esprit ce qu'ils ont toujours su : Hadrianus, né et élevé à Alexandrie, Romain d'importation, tout comme Niliacus. Ses subordonnés ne vont-ils pas, tout en continuant à lui témoigner la déférence qui lui est due, être enclins désormais à une familiarité condescendante, comme il en a fait parfois l'expérience dans le passé ? Cette pensée intolérable chasse loin de lui une image à laquelle il s'est si longtemps identifié. Son enveloppe visible, sa manière d'être, la toge de cérémonie ne semblent plus qu'une écorce fragile ; à l'intérieur, il est recroquevillé, vulnérable. La raison est ici impuissante. Le mot Egypte, que personne n'a encore prononcé, possède – dès qu'il se présente à l'esprit ou avant même d'avoir pris la forme d'une pensée – la force d'un exorcisme. Pharos, le phare d'Alexandrie, blanche aiguille dans la lumière de l'aube, doigt dressé sur un fond de ciel pour celui qui, un jour, depuis la dunette d'un navire en partance pour Rome, a vu s'estomper, puis disparaître à jamais, la côte familière.

Dans son rêve, le petit navire s'éloignait sans lui, quelqu'un l'appelait par son nom, son nom romain : Hadrianus ! Mais il lui fallait rester là, exilé sur une terre qui n'avait que la profondeur d'un péristyle, aussi irréelle que la toile de fond d'un théâtre. Les marches de marbre s'élèvent sur les quais d'Alexandrie depuis la mer jusqu'aux colonnades des édifices. Le lieu désolé de son rêve : un pays d'origine, hermétiquement clos, une Egypte devenue inaccessible ? Comment savoir ce qui se cache derrière ou s'est fossilisé dans le roc ?

L'interrogatoire se poursuit. Plus circonspect maintenant, avec une méfiance croissante à laquelle s'ajoute un sentiment inconnu, une tension qui l'inquiète, le préfet tente d'en savoir plus long sur cet homme en guenilles. Affranchi ? Oui ; travailleur manuel ? Non, vit à la petite semaine. Non, il n'a rien à voir avec les événements qui se sont produits chez Marcus Anicius Rufus.

— Pourtant, tu es déjà allé chez lui. Marcus Anicius Rufus le reconnaît.

Haussement d'épaules, silence plus prolongé qu'après la question précédente.

— Que voulez-vous savoir ?

— La raison de ta visite.

— Je n'ai pas rendu visite à Marcus Anicius Rufus.

— D'accord, c'est donc lui qui t'avait approché. Que te voulait-il ?

— Il y a quelque temps, j'ai été agressé au milieu d'un attroupement dans la rue…

— Le jour de l'entrée de notre auguste empereur Honorius ?

— C'est exact. Marcus Anicius Rufus, qui passait par là, a été témoin de l'incident et il est venu à mon secours en m'emmenant chez lui avec sa suite.

— On ne fait pas cela pour un inconnu.

— Il se peut qu'à première vue, Marcus Anicius m'ait pris pour un autre. Je l'ai remercié et suis reparti. C'est tout.

— Pour qui te prenait-il donc ?

— Je ne le lui ai pas demandé.

— Pourquoi te trouvais-tu, la nuit dernière, sur le terrain proche de sa villa ?

— Je cherchais un endroit où dormir. Depuis l'entrée de l'empereur, la ville est pleine de monde. L'autre jour, quand j'ai quitté la maison de Marcus Anicius et que j'ai vu combien tout était calme et plein de jasmins…

L'indifférence, proche de la désinvolture, d'un individu qui doit incontestablement compter parmi les créatures de la plus basse extraction irrite le préfet :

— Suffit ! La ville et la province grouillent de charlatans déguisés en vagabonds qui, moyennant finances, viennent déballer leurs attrape-nigauds blasphématoires chez les particuliers. Autels portatifs, étuis renfermant les couteaux qui doivent servir aux sacrifices font partie de l'arsenal de ces individus ; les vigiles en ont confisqué un bon nombre. Hélas, trop nombreux sont encore certains de nos concitoyens haut placés, qui devraient avoir plus de bon sens, mais qui éprouvent un besoin irrépressible de se faire prédire l'avenir et de se livrer à la magie, quand cela ne va pas plus loin. Tu étais bien près de la villa, et à l'intérieur de la maison, comme le fait a été établi, tous les préparatifs étaient en place pour le sacrifice de coqs. Tout ce qui a été révélé durant l'interrogatoire me confirme dans mon impression que le repas de Marcus Anicius Rufus était loin d'être aussi innocent qu'on voudrait nous le faire croire. Marcus Anicius et toi, là, vous devrez me fournir des explications autrement plus probantes avant que j'aie des raisons de réviser mon jugement. Prouve-moi d'abord que Marcus Anicius ne t'a pas fait venir sur les recommandations d'amis du même bord, apporte-moi la preuve que tu n'as jamais sacrifié un seul coq...

L'homme en face du préfet avance d'un pas sur les méandres de mosaïque et lève la main droite :

— Je ne peux rien prouver ; du reste, c'est à la partie plaignante qu'incombe la tâche d'établir les preuves. Mais je jure que je n'ai jamais sacrifié de coq ou alors, c'était en votre présence.

C'est seulement plus tard – la séance a été suspendue jusqu'à nouvel ordre –, dans la pièce attenante où sont étalés livres et documents personnels confisqués à Marcus Anicius Rufus, que le préfet prend pleinement conscience de la portée de cette dernière remarque. Tandis qu'il se saisit des rouleaux de parchemin et jette un rapide coup d'œil sur les tablettes de cire (les clercs, occupés depuis minuit à tout lire, ligne après ligne, déclarent n'avoir découvert jusqu'ici aucun document préjudiciable), les paroles de ce Niliacus, né sur les bords du Nil, continuent à flotter dans l'air, comme un écho importun. Pourquoi est-il taraudé par ce sentiment d'insatisfaction, de crainte aussi ? Cette question est inséparable d'une autre qui émerge, à son corps défendant, du fond de son être : pourquoi, pendant l'audience, alors que la surprise et la contrariété se lisaient en clair sur le visage de ses officiers, pourquoi n'a-t-il pas poussé beaucoup plus loin l'interrogatoire de cet énigmatique étranger ? Particularités : de quel village, de quelle ville sur le Nil viens-tu ? Qu'es-tu venu faire à Rome ? Quand et comment ? Qui t'a affranchi ? Des images du passé se présentent à lui, fulgurantes, alarmantes, parce que le préfet découvre combien l'Egypte impénétrable, combien sa jeunesse sont enfouies au plus noir de lui-même : un passé de basalte, que rien ne pourra jamais détruire. Les huttes en torchis des Fayyum, les fleurs de lotus sur la surface brunâtre, miroitante du Nil dans le Delta marécageux, les bateaux de plaisance illuminés, amarrés en longues rangées aux abords de Canopis, dans la banlieue d'Alexandrie. La maison paternelle, l'odeur de mets oubliés, les sonorités de la langue populaire, qu'il n'a plus parlée depuis son enfance. Il est romain depuis plus de trente ans. Magistrat de l'Empire : fonction à la mesure d'un célibataire qui a laissé tous les siens en Egypte. Sans amis, répugnant aux distractions qui supposent une certaine intimité avec autrui, il s'est consacré tout entier aux tâches à lui confiées par deux empereurs successifs. Méticuleux dans l'accomplissement de son devoir, pointilleux sur la stricte observance des moindres nuances de la procédure, il estime avoir pleinement démontré son droit – le droit qu'il s'est acquis sans l'aide de personne – à une seconde naissance en tant que citoyen romain. Les Egyptiens sont réputés capricieux, orientés vers la Grèce, et pénétrés depuis toujours de ressentiments à l'égard de la Rome victorieuse. Hadrianus, citoyen d'honneur de Rome, plus romain qu'un Romain, a cru, souvent à tort, déceler de la méfiance à son endroit, il s'est senti humilié, voire offensé, chaque fois qu'était prononcé – même sans arrière-pensée – le mot “Egypte”. Au lieu de s'analyser, il a choisi de tourner le dos à un passé qui le paralyse. Par les moyens les plus drastiques, il s'est efforcé de trancher les liens qui le rattachaient à ses jeunes années. Il croit avoir banni depuis dix ans le souvenir de cette rupture, douloureuse comme une plaie, avec son ancien moi… Mais voilà qu'un rêve et que la rencontre soudaine avec un certain Niliacus (dont la dernière remarque semble les avoir isolés du reste et liés l'un à l'autre) réduisent en cendres deux décennies de grand style romain. La main de cet autre, ce Niliacus, levée pour le serment : "Je jure n'avoir jamais sacrifié de coq, ou alors c'était en votre présence." La roche qu'il a vue en rêve, ce relief, une main levée, toute semblable : Je jure... Mais quoi, quand, comment ? Les rêves, dit-on, sont un amalgame de souvenirs et de prémonitions. Séquelles du paganisme que ces pensées, ce poids accordé à un rêve ? Hadrianus n'a jamais assisté au sacrifice d'un coq. Jamais ?

Devant lui, sur les tables, des rangées de boîtes remplies de rouleaux. Les clercs attendent, debout, que l'inspection prenne fin. Le préfet déroule à nouveau l'un des manuscrits. Comme bien souvent – maintenant plus que jamais après le léger relâchement de son comportement dans le prétoire, qui n'a échappé à personne – il éprouve l'impératif besoin de manifester sa compétence et son autorité. Caractères élégants, mise en page régulière – Marcus Anicius Rufus compte d'habiles calligraphes parmi ses esclaves. Les vers truffés de références mythologiques. Cet éventail de textes ne fait que confirmer ce que le préfet savait déjà : vil attachement à l'héritage païen ! Hadrianus, les lèvres soudées dans une moue de réprobation, refrène alors l'envie que lui inspirait soudain sa hargne d'enrouler à nouveau le parchemin. Il reconnaît le langage métaphorique, le style. L'épigramme qu'il a sous les yeux est gravée, mot pour mot, dans sa mémoire. Il devient exsangue.

Nuit et jour, Manlius rêve. Mais l'Egyptien, sans trêve,
D'objets volés et profanés fait moisson.
Peuples de Rome, souhaitez, à l'unisson,
Qu'à l'heure où la lumière d'Egypte sommeille, Manlius
[veille.

Il y a dix ans dans ces mêmes locaux, un autre interrogatoire. L'accusé d'alors : le poète dont les œuvres, copiées avec tout le talent que déploient les scribes de Marcus Anicius Rufus, sont étalées aujourd'hui sur le bureau du préfet, l'auteur de l'épigramme qui passait de bouche à oreille, accueillie à l'époque avec un malin plaisir et des ricanements sardoniques. Les murs n'en ont-ils pas retenu l'écho ? La passion ne confère-t-elle pas aux formules les plus dépouillées une charge affective qui subsiste même après que le son des mots s'est éteint ? A l'époque, Hadrianus avait eu bien du mal à maîtriser le tremblement de ses mains au cours de l'instruction, ce jeu de questions et de réponses ; car c'était bien un jeu, cette fois-là plus que jamais, une comédie de la justice, interprétée pour la bonne règle, pour donner un semblant d'objectivité à une vengeance personnelle. Le jeune homme au banc des accusés, le poète de cour tombé en disgrâce, le regardait fixement, un rictus de mépris aux lèvres, encore inconscient de la gravité du procès, fort de l'aide qu'il escomptait de ses puissants amis – ou ceux qu'il considérait comme tels –, surtout de son bienfaiteur de toujours, Flavius Stilicho, tuteur, beau-père et conseiller de l'empereur Honorius, et, tout bien considéré, le vrai maître de l'Empire d'Occident. Le préfet, par contre, en proie à l'émotion, les mains moites, savait que les espoirs de secours de cet accusé-là étaient vains, que la gravité de l'inculpation, le risque d'un scandale à ce moment précis, condamnaient Flavius Stilicho à l'impuissance. O, combien intolérables, le regard d'encre, la morgue qui se lisait sur ce visage plus foncé de peau que ne l'est celui de l'élite romaine ; en revanche, la certitude de voir ce calme balayé d'un seul coup, de pouvoir précipiter de son piédestal l'illustre protégé des grands, d'arracher le jeune masque plein d'assurance pour faire apparaître le doute, la quête d'un secours. Nom ? Claudius Claudianus. Fonction ? Secrétaire, tribun, poète attitré de la cour. Accusé d'exercer la magie, de sacrifier aux dieux. Soupçonné de pratiques subversives.

Aucune des personnes alors présentes dans la salle n'avait montré du regard ou du geste qu'elle était au courant de ce que tout Rome savait : l'homme qui affrontait le préfet de la Ville était l'un de ses anciens clients, un ami intime d'autrefois, devenu depuis l'ennemi abhorré ; on savait qu'Hadrianus saisissait à deux mains l'occasion d'exterminer celui contre qui quelques années plus tôt il n'avait pas osé déposer une plainte en diffamation, par crainte du ridicule. Dans l'assistance, plus d'un pensait, sans aucun doute, aux quatre vers qui avaient été sur toutes les lèvres et brocardaient "l'Egyptien" et sa cupidité. Cette certitude empêcha le préfet de céder à l'instant de faiblesse qu'il sentait monter en lui. Vigilant, il le serait, comme le phare de Pharos, la lumière de l'Egypte, d'une vigilance impitoyable, exemplaire, pour l'édification de quiconque s'imaginerait pouvoir ridiculiser l'Empire en la personne de ses représentants.

Claudius Claudianus éliminé, exclu définitivement du monde des vivants. Toute trace effacée. Ou bien est-ce un leurre ? L'épigramme n'a rien perdu de sa force corrosive. Quatre vers, écrits il y a si longtemps, retrouvés par hasard dans la bibliothèque d'un accusé à l'occasion d'un procès en cours, ont le pouvoir d'insuffler une vie nouvelle à un être qui n'était plus, de rouvrir cruellement une plaie ancienne.

— Cela ne nous concerne pas, dit le préfet en repoussant les rouleaux *(Claudiani Opera*)* sur la table. Aucun rapport avec l'affaire présente.

Mais en quittant la pièce, il devient la proie d'hallucinations. Ses yeux et ses oreilles perçoivent les signes d'une présence à laquelle il refuse de croire, son instinct en sait plus long que sa raison qui lui dit : c'est le passé. Dans un instant, il aura franchi le seuil, non pas seulement le seuil tangible, réel, celui du prétoire. Derrière lui, une voix (l'un des officiers de police) demande s'il faut mettre en place les dispositifs prévus pour un interrogatoire plus sévère. D'un geste bref de la main, Hadrianus délègue son pouvoir de décision à d'autres...

Dans le silence du prétoire, c'est un spectre qui vient d'être appelé – celui du poète, le condamné d'il y a dix ans. Il s'est attaché au préfet comme son ombre. La position du soleil par rapport aux arcs des fenêtres est maintenant telle que le préfet ne peut faire le moindre mouvement sans apercevoir à ses pieds, à côté de lui ou sur le mur qui lui fait face, la tache terne de sa propre opacité.

Il pense toujours à Claudius Claudianus comme à un mort, la sentence qu'il a autrefois rendue contre lui, l'interdiction du feu et de l'eau, équivalant à un arrêt de mort puisqu'elle le condamnait à souffrir de la faim, de la soif, à vivre sans abri, dans un isolement total au milieu des autres hommes, dans un rayon de cent milles romains autour de la Cité. Une loi écrite, en usage depuis l'époque des Douze Tables, veut que l'on puisse abattre impunément celui qui est ainsi frappé de proscription, dès qu'il met le pied en terre interdite. A l'époque, le préfet a pris certaines mesures, donné certains ordres. Mais quelque chose lui échappe, il y a une lacune dans ses souvenirs. A-t-on omis de lui signaler la mort, ou bien a-t-il délibérément ignoré la nouvelle ? Dix ans plus tard, il est bien obligé de reconnaître qu'il ne sait pas si Claudius Claudianus est vraiment mort.

Quels spectres ont réussi à venir jusqu'à lui, dans le sillage de Marcus Anicius Rufus et de sa clique de patriciens impies ? Quand bien même aucun sacrifice n'aurait été célébré dans la villa, le fait est que tous croient en la puissance de la magie. Leur idolâtrie est une forme d'exorcisme. C'est leur manière à eux de maintenir ouvertes les brèches par où l'obscurantisme, les forces du mal, les horreurs et les troubles mystères d'un monde révolu et sacrilège viennent menacer à nouveau la paix de l'âme, si chèrement achetée. De pieux ermites ont raconté à Hadrianus comment ils avaient vu, de leurs propres yeux, dans les montagnes de l'Ombrie, autour d'un autel païen, des démons, noirs comme du charbon, sortir de terre et se hisser jusqu'à une victime propitiatoire immolée en secret et encore fumante. Il semble que les pratiques de païens invétérés tels que Marcus Anicius Rufus et ses acolytes aient éclipsé la lumière du soleil et, dans le cerveau du préfet, un mot bourdonne, comme un insecte venimeux : le Nil, le Nil.

De l'abîme du temps se détache une image. Elle se dessine clairement sur le foisonnement des souvenirs. Un domaine dans le Delta du Nil. Il appartient à Eliezar ben Ezekiel, l'un des plus riches habitants d'Alexandrie. Villa et communs ceinturés de murs, petite colonie au milieu des terres, des oliveraies, des viviers. Eliezar, venu de la ville, reçoit un haut fonctionnaire de Rome, le jeune Hadrianus, récemment élevé au rang de comes sacrarum largitionum*. Une promenade en bateau entre les marais roseliers fait partie du rituel d'accueil. Le souvenir se focalise sur un appentis délabré, fait de roseaux tressés, au milieu de l'une des nombreuses îles gorgées d'eau. Un radeau est attaché à des piliers enfoncés dans la boue. Une embarcation, une dahabieh conduite par des rameurs, vient d'aborder après avoir parcouru d'étroits canaux entre les roseaux. Sous le dais à rayures, l'hôte et son visiteur, à l'abri du soleil. Eliezar lève les bras au ciel, courroucé, bouleversé. Pourquoi ? Il faut que les images s'animent, renaissent à la vie. De jeunes garçons à demi nus, surpris dans leur cachette, sursautent et s'enfuient loin d'une pierre noircie par le feu, utilisée depuis toujours par les ouvriers agricoles pour sacrifier en secret aux dieux antiques de la fécondité. L'un des garçons, encore presque un enfant, se retourne vers le maître des lieux et, dans un geste tout à la fois de défi et d'excuse, montre la paume de ses mains, maculée du sang du coq qui gît à ses pieds. Plus de trente ans après, à la préfecture de Rome, toutes les sensations, toutes les impressions vécues en cet instant, remontent à la conscience de deux hommes pour qui les mots "né sur les bords du Nil" constituent la clé du problème. Touffeur d'un espace clos, fétide odeur de fange, cris des ibis qui survolent l'étendue infinie et frémissante des roseaux. Pour Hadrianus, l'indélébile sensation du balancement d'un bateau dans l'éclaboussement de lumière que renvoie la masse liquide ; pour l'autre, l'homme qui attend son tour dans la salle des suspects, la piqûre des éteules acérées qui lui vrillent la plante des pieds. Les impressions purement sensorielles sont toujours aussi fortes qu'au premier jour, mais les pensées, les émotions d'alors ont depuis longtemps pâli, ont été effacées par des interprétations ultérieures. L'incident lui-même : de jeunes garçons sacrifiant aux dieux ou jouant à sacrifier contre l'interdiction expresse du maître, pris sur le fait par Eliezar et son invité : cela, c'est le mouvement de surface, le tout début, simple et ordonné, d'une affaire incroyablement compliquée, faite de sédiments successifs apportés par les ans et qui n'a cessé de pousser des ramifications jusqu'au jour du procès contre Marcus Anicius Rufus.

Ce qu'il y a de plus secret, la volonté ou la répugnance d'un seul homme, ses impulsions mêmes, qui ne se sont jamais manifestées tout à fait à la conscience, tout cela peut être déterminant, peut décider de la vie et du destin d'autrui, entraîner des actions et des réactions dont, des dizaines d'années plus tard, l'homme n'est pas encore maître. Ainsi en est-il d'Eliezar ben Ezekiel, en pleine possession de ses moyens, parvenu au stade où l'on s'interroge sur l'approche de l'âge. Un homme perspicace, riche d'une grande expérience et d'une vaste connaissance du cœur humain ; un homme pieux ; trop épris de justice pour se montrer clément. Ce soir-là, après la découverte dans la roselière, il a d'abord renvoyé le garçon dans ses foyers, puis courtoisement raccompagné son hôte, Hadrianus. Il se retrouve seul sous la lumière diffuse de la lampe à huile, dans la pièce protégée par des moustiquaires, où il passe la nuit lorsqu'il séjourne dans la villa. Il va et vient, sept pas aller, sept pas retour – son cafetan balaie le sol derrière lui –, émettant, sans hausser le ton, des paroles pourtant véhémentes, le front plissé, se frappant nerveusement la poitrine de son poing droit crispé ou bien tendant la paume de ses mains dans un geste de conjuration, presque de supplication. Par intervalles, il s'arrête près de la table où attend une partie d'échecs entamée ; il prend une pièce, la déplace, la remet. Le vent du soir se lève, agite les rideaux de gaze. Dans les communs, quelqu'un joue de la flûte. Des miasmes de marais flottent dans l'air, l'odeur du Nil. Personne n'est témoin du désordre et des doutes qui assaillent Eliezar. Le garçonnet qui a tranché la tête du coq est le fils de son fils. Lorsque la mère – une esclave égyptienne – a succombé aux fièvres, Eliezar a placé l'enfant dans la famille de l'un des contremaîtres de la villa. "Gamin", "petit", "toi là-bas" sont des appellations qui ne durent qu'un temps. Ezekiel, Nathan, Mordechaï, noms qui se sont transmis de père en fils, voilà ceux que devrait porter celui qui assure sa descendance ; mais ce fils de son fils n'a pas de place dans sa lignée. Il fait donner au garçon un nom qui ressemble à celui de sa mère égyptienne : Klafthi. Le personnel du domaine n'est au courant de rien, croit que c'est un orphelin, un enfant trouvé, le protégé du maître charitable. Le fils d'Eliezar – marié depuis, et père de quatre filles, sans héritier mâle – ne quitte jamais Alexandrie, il a d'autres préoccupations, la terre ne l'intéresse pas.

Jeu d'enfant, imitation d'un rituel primitif mal compris que pratiquent les fellahs hors de l'enceinte du domaine, le sang du coq, lavé en deux temps trois mouvements et aussitôt oublié – il n'y a pas de quoi fouetter un chat. S'il s'agissait de n'importe qui d'autre, Eliezar réprimerait en silence un sentiment de dégoût et prendrait plus tard des mesures propres à éviter que la chose ne se reproduise. Mais le regard de ce garçon-là, justement, cette tension qui se lisait sur tout son corps lorsqu'il fut pris en flagrant délit et, surtout, le muscle qui tremblait sur son pied tendu ont porté un coup à Eliezar. Nathan, Mordechaï, Ezekiel, mais caché sous quelque chose d'informe, de sauvage ; le petit-fils encore à naître, tout près de lui et pourtant inaccessible sous l'aspect d'un enfant d'esclave, semblable, à première vue, à tous ceux qui s'agitent sur l'enclos. Pendant un court instant, par-delà l'étroite bande d'eau qui sépare le bateau de l'île, un regard, qui a trahi un instinct infaillible, mêlé à une volonté tout aussi affirmée de rébellion. C'était à cause de ce regard au-dessus des deux paumes ensanglantées qu'Eliezar avait levé les mains au ciel. Tourment, rage, honte comme lorsqu'un enfant bien-aimé provoque le scandale. Néanmoins, réaction de maîtrise de soi ; aux yeux du comes sacrarum largitionum Hadrianus, il ne veut être que le maître qui, sur un ton de sévérité contenue, signifie aux garçons de regagner leurs pénates sur le radeau, dans le sillage de sa propre embarcation et ordonne à ses serviteurs de purifier cet endroit de la roselière, avant même la tombée du jour, en le réduisant en cendres. La pédanterie du jeune magistrat qui, avec le zèle du néophyte, croit devoir déployer en vrac sa connaissance et son horreur des mœurs païennes, éveille en Eliezar une irritation à peine tolérable.

Il emporte la lampe à huile et la dépose dans la niche proche de son lit, mais le sommeil le fuit. La faute de son fils qui, pour satisfaire ses appétits sexuels, a engendré cet enfant à la légère et avec cet enfant, toute une vie d'actes et de pensées, c'est aussi son problème. Où, à quel moment, a-t-il lui-même manqué à ses devoirs, puisqu'il n'a pas réussi à inspirer à son héritier le respect sacré de la loi et des Commandements ? Par quelle absence d'exemple ou de sagesse dispensés avec tendresse, son fils a-t-il été amené à commettre un tel forfait ? Car c'est bien d'un forfait qu'il s'agit, pour ceux qui acceptent la Loi.

Il se sent étranger en Egypte, Eliezar ; est-il un lieu où il puisse ne pas ressentir son exil ? Les habitations qu'il occupe avec les siens, pourvues du strict nécessaire, aménagées avec la plus grande sobriété, sont des maisons de passage, pareilles à des tentes dressées dans le désert et qu'il faut démonter, jour après jour. Les trésors qu'il accumule grâce à une sage exploitation et à ses talents de marchand ne lui appartiennent pas vraiment, il n'en est que le gérant, il en fait parfois don aux nécessiteux, il soutient les hommes et les idées qu'il considère, d'un œil exercé par le jeu d'échecs, comme des germes du progrès et dans lesquels il discerne une victoire sur la lourdeur d'esprit et la volonté défaillante. Dans l'obscurité, le doute l'assaille, ennemi de toujours : est-ce de l'orgueil, cette passion qu'éprouve le joueur d'échecs de créer de l'avenir, de supputer des solutions qu'il finit par trouver à force de combinaisons audacieuses ?

Le jeune Klafthi appartient bel et bien par sa mère à la caste des autres, il n'appartient pas au Peuple. Eliezar n'a jamais mis en doute la justesse de la Loi. Et pourtant, le mot "esclave" ne veut pas lui venir aux lèvres, ni même à l'esprit, quand il s'agit de cet enfant. Le contremaître, un affranchi, est persuadé que l'enfant qui lui a été confié fait partie de sa caste. L'enfant lui-même ne sait rien, accepte sa place et son entourage comme allant de soi. Est-ce bien vrai ? Quand Eliezar est sur ses terres, il n'a de cesse que son regard ne découvre quelque part dans l'enclos, près des écuries ou encore au milieu des vergers, par-delà le mur et ses tours de guet, le petit corps basané qui a du vif-argent dans les veines. Le clerc de l'intendant dit souvent que le garçonnet pense aussi vite qu'il marche ; il a appris à lire et à écrire en se jouant.

Derrière les paupières closes d'Eliezar apparaît l'image vague, furtive, de portiques blancs : les longues galeries des écoles d'Alexandrie. Est-ce de l'orgueil que de vouloir ennoblir cet esprit encore inculte ? Qu'il serait bon de pouvoir placer à la tête d'un domaine dont l'héritier légitime se désintéresse un jeune administrateur, enfant du pays, attaché à cette terre ; de laisser glisser la dahabieh entre les roseaux, sous le ciel rose doré du couchant et d'entendre, dans la fraîcheur du soir, la voix toute proche d'un confident, qui vous entretient de l'état des récoltes et des troupeaux... Est-ce de l'orgueil que de vouloir anticiper l'avenir ? Faut-il donc ne rien faire, laisser les choses suivre leur cours, attendre passivement de voir ce qu'il adviendra de ce garçon ? Un valet de ferme, dans la chemise rayée des fellahs, qui travaillera la terre, manœuvrera la dahabieh ? Qui, un jour peut-être, frustré dans ses espérances, prendra la fuite et deviendra un voleur ou un assassin ?

Debout dans l'obscurité, le regard fixé sur le rectangle de la porte ouverte dont l'écran de gaze filtre la lumière bleuâtre du crépuscule, Eliezar bannit ces pensées de son esprit, se purifie intérieurement devant la Présence Divine, dit le Shema, paix pour la nuit.

Est-ce l'effet de la lumière qui tombe sur les méandres de mosaïque noirs et blancs ? Le préfet voit soudain en esprit les cases noires et banches d'un échiquier et une main qui déplace précautionneusement, l'une après l'autre, des figurines taillées dans l'ivoire. Il entend l'écho de paroles prononcées il y a longtemps, à l'intérieur d'une maison d'Alexandrie, dans une pièce dominée par un chandelier à sept branches en argent.

Sa propre voix, trop sonore dans le silence qui l'entoure, formule ce qui fut pour lui la conclusion de l'entretien : “Nous sommes les maîtres du monde.”

Le mutisme dans lequel s'est enfermé l'autre dure jusqu'au moment où un petit coup sec indique que l'une des pièces est mise hors jeu. Suit alors une question lourde d'ironie : *Nous ?*

Hadrianus ne comprend pas, ne supporte pas cet éternel besoin de précision lorsqu'il s'agit du statut de Romain. Malgré les faveurs dont Rome l'a comblé, malgré les honneurs, le prestige, la citoyenneté officiellement dispensée à sa lignée, au service de l'Empire depuis plusieurs générations, Hadrianus se sent Romain de second rang, comparé aux Romains de Rome. L'homme au regard fatigué, à la voix douce, qui lui fait face, qui n'ambitionnerait jamais pour lui-même ce que l'Egyptien christianisé, Hadrianus, considère comme le bien suprême, ne le condamne pas, il l'empêche seulement de s'identifier à la latinitas*, droit qu'il revendique pourtant, en raison de son éducation, de sa mentalité et surtout de sa récente nomination.

Après cette fameuse visite au domaine du Delta, d'étranges rapports se sont établis entre Hadrianus et Eliezar ben Ezekiel. Ce n'est pas de l'amitié, encore moins un échange régulier de visites de politesse. (C'est toujours Hadrianus qui vient voir Eliezar, jamais l'inverse.) Il ne voit pas clair dans ses propres mobiles ; il lui arrive parfois, envahi par un certain malaise, d'hésiter au bord d'un abîme qui l'invite à en sonder les profondeurs. Mais il recule toujours devant le pas décisif. Ce n'est pas pour parler d'affaires qu'il lui rend visite ; Eliezar fait face à ses obligations avec une rigueur exemplaire, respecte toutes les consignes. Quels autres points rapprochent leurs vies ? En tant qu'Egyptien, que chrétien et que Romain par inclination, Hadrianus sent triplement peser sur lui une méfiance mêlée d'étonnement et d'une répugnance secrète à l'égard du Juif. Ses visites à Eliezar sont teintées d'une délectation morbide et semblent en même temps devoir satisfaire une curiosité qu'il ne sait comment qualifier et qui ne fait que croître au lieu de régresser. Que cherche-t-il, pourquoi ?

Hadrianus ne peut pas participer à ce jeu indien de pièces d'ivoire, réparties en deux groupes sur des cases noires et blanches, et qu'Eliezar tient toujours à portée de sa main. Il n'en comprend pas le sens. A quoi cela rime-t-il de passer son temps à élaborer un système compliqué de rapports, à créer des problèmes à partir du Néant ? Que l'Egyptien s'y livre par frivolité et appât du gain, cela est concevable (et condamnable) ; mais trouver du plaisir dans le seul fait d'en renouveler à l'infini les composantes...

Jamais Eliezar ne reçoit son hôte dans le cercle familial, mais toujours dans la pièce sobre et silencieuse à laquelle seuls un échiquier et un chandelier à sept branches prêtent une note personnelle. Malgré cette réserve, Hadrianus perçoit, dans le comportement de l'autre, des signes qui trahissent l'intuition confuse de quelque chose qui leur est commun, comme ce qui le pousse lui-même, par intervalles – sous un prétexte toujours courtoisement accepté – à se rendre chez Eliezar.

Au sujet de la première visite, renseignements demandés en passant, fournis en passant, sur la suite donnée à l'incident dans la roselière. L'ordre est rétabli, les actes de vandalisme ne se reproduiront plus. Le garçonnet qui a tué le coq a été éloigné du domaine : "Un garçon intelligent, dont l'agitation fébrile est imputable à ses dons naturels ; je l'ai envoyé ici à l'école ; il a l'étoffe d'un précepteur, d'un secrétaire, pour le moins, d'un bon auxiliaire administratif à mes côtés."

En termes voilés : le haut fonctionnaire, parfaitement au courant des ordonnances promulguées par l'empereur Theodosius au sujet des pratiques païennes, n'a plus aucune raison de s'inquiéter ni de douter. Hadrianus n'a plus à trancher la difficulté : passer sous silence un fait délictueux et se rendre coupable ou mettre Eliezar en difficulté. Pour montrer clairement qu'il s'agissait bien pour lui d'un cas de conscience (les magistrats qui manquent à leur devoir dans ce genre d'affaires commettent un crime), Hadrianus évoque pour le Juif qui a agi de son propre chef, sans délai et avec une belle assurance, la combativité en matière de foi d'Ambrosius, l'archevêque de Milan, dont l'influence à la cour se fait sentir jusqu'aux quatre coins de l'Empire. Comme si souvent, il constate qu'Eliezar est davantage au courant que lui-même de ce qui se passe à Constantinople et à Milan.

Ils discutent de politique – disons plutôt que c'est surtout Hadrianus qui a la parole, non seulement parce qu'il veut aborder des sujets qui le passionnent, mais encore pour souligner son autorité, autrement dit pour être encore plus romain aux yeux d'Eliezar qui, tout en l'écoutant, continue de considérer son échiquier et, à l'occasion, déplace une pièce. Le flux de paroles de l'un est dirigé contre les réactions à peine perceptibles de l'autre ; Hadrianus a du mal à établir un rapport entre ce qu'il dit et les réflexes du vieil homme : un sourire, un froncement de sourcils, un regard tourné vers l'intérieur, les paupières qui se ferment, douloureusement, dirait-on. Peut-être Hadrianus a-t-il jamais secrètement caressé l'espoir de prendre un jour Eliezar en défaut, de surprendre sur ses lèvres des propos susceptibles d'offenser la piété de fraîche date de Theodosius et de ses puissants évêques. Plus tard, lorsqu'il repense à ces visites, Hadrianus est bien obligé de constater qu'en matière de politique intérieure et étrangère, Eliezar analyse les situations données plus qu'il ne porte un jugement sur les objectifs visés. Si, parlant de l'empereur, il n'emploie jamais les termes de "divin" ou d'"auguste", il loue son ardeur au travail, la rectitude de son jugement et son esprit de famille. Ses propos sont toujours teintés de scepticisme, ce qui a le don d'exaspérer le haut fonctionnaire. Cette réserve qu'il a du mal à situer cacherait-elle un germe de révolte, un danger pour Rome ? Lorsqu'il essaie d'y voir clair dans les opinions politiques d'Eliezar, le noir et le blanc alternent dans sa conscience, comme les cases de l'échiquier.

Des bribes de conversations enfouies au plus profond de lui-même depuis trente ans remontent à la surface, tandis qu'il fixe le dallage de marbre noir et blanc de la préfecture. Il se souvient de certaines choses qu'il a dites et de ce qu'Eliezar lui a répondu ou laissé entendre. Ainsi, la question de la nomination de Flavius Stilicho au poste de magister militum*. En raison même de son origine égyptienne, Hadrianus pouvait difficilement se permettre de critiquer ouvertement l'élévation au plus haut rang militaire d'un personnage de souche mi-grecque, mi-vandale. Lui-même récemment converti au christianisme, il n'avait pas le droit de mépriser ce Stilicho devenu chrétien. Une aversion irraisonnée pour l'élément de barbarie nordique chez ce puissant détenteur du pouvoir à la cour impériale l'avait poussé à rechercher l'alliance avec les autorités d'Alexandrie hostiles à Stilicho. Le bruit courait que l'attitude tolérante du nouveau magister militum envers les croyants suscitait la méfiance de l'évêque Ambrosius. La réaction d'Eliezar : "Flavius Stilicho est un diplomate et un homme intègre. Sa nomination peut apporter un contrepoids à l'influence de conseillers incompétents ou corrompus." Hadrianus crispé : "Tels que ?..." Eliezar, calme : "Disons, tels que le praefectus praetorio Orientis*." "Rufinus ?" "Rufinus." (Un ennemi de l'évêque Ambrosius, doublé d'un Gaulois païen. Rien à redire.)

Autre réminiscence. Pour punir un soulèvement qui s'était produit à Thessalonique, l'empereur, sur les instances de Rufinus, fit passer au fil de l'épée sept mille habitants de la ville après les avoir invités à venir au cirque sous prétexte de leur offrir des jeux. Ce carnage valut à l'empereur une sévère pénitence de l'évêque Ambrosius. Lorsque Hadrianus avait hautement loué l'attitude adoptée par l'Eglise, Eliezar avait détourné le regard : "Qui dit culpabilité dit aussi sujétion. Un homme est pareil à de la cire entre les mains de celui qui est au fait de sa mauvaise conscience."

Un nouveau souvenir traverse l'esprit d'Hadrianus : on avait appris que des chrétiens de Callinicum, aux confins de la Perse, avaient saccagé une synagogue. L'empereur Theodosius donna l'ordre de punir les coupables et d'indemniser totalement la communauté juive. Mais l'évêque Ambrosius parvint à convaincre l'empereur d'annuler toutes les mesures, alléguant que "faire preuve de tolérance à l'égard des Juifs revenait au même que de persécuter les chrétiens". Lorsqu'il avait évoqué cette question, Eliezar n'avait pas réagi. Sous les reflets du cafetan mauve, son visage aux traits accusés prenait un aspect cendreux, ses yeux étaient remplis d'ombre. Il se mit soudain à parler de Flavius Stilicho, homme solitaire, investi des plus lourdes responsabilités de l'Empire, incorruptible, compétent, prudent… "un homme en butte à la haine et aux menaces parce qu'il ne se laisse jamais manipuler, mais qui, de ce fait, est plus indispensable que quiconque". Hadrianus n'avait pas pour autant éprouvé moins d'antipathie pour le Barbare, bien au contraire.

Avec un acharnement sans cesse renouvelé, il avait mis sur le tapis les problèmes religieux, à propos des nouvelles lois contre l'idolâtrie et l'hérésie, espérant surprendre chez le Juif des réactions qui le confirmeraient dans sa conviction de détenir la vérité. Mais cette fois-là, il se trouvait vraiment devant un mur infranchissable. Eliezar, pareil à un miroir, à un abat-voix, ne faisait que renvoyer les paroles prononcées par Hadrianus ; ou bien il gardait le silence, chaque fois qu'il pouvait le faire sans manquer aux règles de la courtoisie. Au nom de "Jésus-Christ, notre Rédempteur, mort sur la croix pour le rachat de nos péchés", Hadrianus jetait l'anathème sur le culte rendu à Sérapis, resté jusque-là le dieu protecteur d'Alexandrie depuis l'époque des Ptolémées ; avec une profusion de détails, il s'attachait à décrire ce qui se déroulait dans ce temple au luxe tapageur, aussi imprenable qu'une forteresse : orgies révoltantes, débauches entre hommes, sacrifices d'enfants. Eliezar : "On le dit. Cela n'a jamais été prouvé." Hadrianus : "Tous ces prêtres sont des castrats ou des sadiques. Il existe toute une clique de prétendus initiés aux mystères de Sérapis en tant que dieu des enfers. Ils pratiquent la magie, évoquent les esprits. Il semble qu'un bon nombre de jeunes étudiants soient impliqués dans ce scandale." Eliezar : "Ces temples abritent souvent de très vieilles traditions savantes. N'oubliez pas que l'inconnu et l'incompris engendrent toujours l'angoisse et la méfiance." Hadrianus (qui fulmine devant l'attitude conciliante de l'autre : naturellement, ce n'est pas son intérêt) : "Un chancre nauséabond en plein cœur d'Alexandrie. Quand y mettra-t-on le feu ?" Eliezar : "La violence ne sert à rien." Hadrianus : "Dans la lutte pour le Bien contre le Mal, cela ne s'appelle pas violence mais devoir sacré."

Souvenirs épars, semblables aux bulles qui remontent des profondeurs d'un marais. Ce qui fermente tout au fond reste à jamais caché pour Hadrianus. Il ne connaît que la surface des entretiens qui lui reviennent maintenant à l'esprit. Mais le non-dit ? Personne ne sait ce que pense Eliezar, lorsqu'il est penché sur l'échiquier. Peut-être bien ceci : qui ose se croire capable de faire échec au mal qui règne dans le monde ? Le "Rédempteur" : qui le suit se croit sauvé. Orgueil, orgueil, mais drapé dans une mensongère humilité. Comme s'il était donné à un mortel d'en finir une fois pour toutes, miraculeusement, en l'espace d'une seconde, avec les puissances infernales. Le Nazaréen a manqué de sagesse en prêchant une doctrine que la plupart des hommes devaient nécessairement interpréter de travers. Lui, en connaissait la portée, sinon, se fût-il exprimé en paraboles ? Il a divisé le judaïsme en deux camps : ceux qui respectent la Loi et savent que toute chose vient en son temps et demande son prix, y compris l'accomplissement de nos espérances – et ceux qui convoitent le salut, qui sont pressés, qui veulent être rachetés, ceux qui refusent d'admettre que chacun de nous, pleinement conscient de ses propres limites, doit seul, sans relâche, renouveler l'Alliance avec l'Eternel. Le bien et le mal sont inhérents à la nature humaine, indissolublement liés à la conscience. La connaissance du mal, plus encore, la complicité avec lui, voilà le prix que doit payer l'homme pour sa conscience morale. Elle lui impose les plus lourdes obligations, exige la plus grande humilité. Etre juif, c'est savoir qu'être élu, cela signifie aussi porter tout le poids du mal. Le mal devra se multiplier à l'infini avant que l'humanité ait une intelligence parfaitement claire de ces choses. En être pleinement conscient, ne jamais l'oublier, c'est cela, l'essence même de la justice.

"Etre sauvé", c'est : à la fois jouir des privilèges attachés à l'état humain et être aussi innocent, aussi irresponsable que les animaux des champs. Adorer un sauveur, c'est vouloir manger à deux râteliers, être mi-homme, mi-bête, être lavé de la faute et de la souffrance, nées de notre propre imperfection. Continuer à vivre à mi-chemin entre l'acceptation passive de l'état de nature et l'assurance d'être fait à l'image de Dieu. Je ne nie pas que grâce à l'enseignement du Nazaréen, le désir d'une purification intérieure ait pris racine dans le monde païen. Mais ce qui dépasse mon entendement, c'est l'aptitude de cette doctrine à se fondre dans l'idolâtrie, à se prêter à toutes sortes d'interprétations, à donner prise à un sectarisme envahissant. La foi de mes ancêtres est enfermée en elle-même, inébranlable, impénétrable : il n'y a de place pour Israël que dans le cadre de la Loi. Persuadé à tort que l'Exégèse le lui ordonnait, le Nazaréen a propagé la foi comme si c'eût été une éponge qui absorbe sans distinction tout ce dans quoi on la plonge.

Prenons cet Hadrianus, un homme qui n'a pas été formé par la longue tradition d'observance d'une Loi immuable. Il a dans le sang des siècles de superstition, une peur aveugle de la bête cachée dans l'homme et qui doit être exorcisée par la magie, un profond respect pour le secret de la réincarnation représentée par Isis et Osiris ; il aspire à connaître les mystères du ciel et des enfers tels que les présente le culte de Sérapis et, pour finir, il s'encombre d'une sagesse livresque mal digérée, empruntée à une douzaine de philosophes et de poètes. En proie à l'agitation et au mécontentement intérieurs, il brûle de se réconcilier avec le chaos qui est en lui. Sans doute trouve-t-il, dans la fides catholica, de quoi satisfaire tout ce qu'il recèle de bonne volonté. Elle lui apporte la consolation et l'espoir, là où la connaissance de soi lui devient impossible ou insupportable. Le mal ne l'habite plus, il s'en estime délivré, il le voit autour de lui, sous d'autres formes, là où il peut le combattre, la croix à la main. Voilà ce qu'il veut être : un Romain, la croix à la main, autrement dit, un homme d'action dont la vocation est d'imposer des lois à autrui. Il n'est pas de Romains plus fanatiques que les non-Romains qui se sont convertis à l'Empire ; plus ils viennent de loin, plus leur ferveur est intense.

Ainsi Hadrianus : un homme jeune encore, dans sa plénitude. A peu près du même âge que mon fils.

Un fils que je ne comprends pas, pour qui je n'ai guère de patience. Mais ses défauts et ses faiblesses n'enlèvent rien à son tempérament ardent et ses normes sont à l'échelle humaine. Plus attaché aux biens de ce monde et au profit qu'avide d'explorer les trésors de la sagesse ; esprit calculateur et pragmatique ; irascible et sensuel. Mais il se connaît lui-même, ne se donne pas pour meilleur qu'il n'est. En tous points l'opposé de cet Egyptien qui se glorifie si volontiers de sa piété, de son intégrité et qui, rongé par un obscur sentiment de peur et de culpabilité, méprise le corps et les sens. Il affiche trop ostensiblement qu'il vit sans femmes, observe le jeûne que lui dicte sa foi, se garde de pensées coupables. J'ai rarement rencontré un homme tourmenté à ce point par des appétits qu'il n'ose s'avouer. Rarement aussi, un homme aussi ambitieux, aussi hautement conscient de sa valeur. Qu'ai-je de commun avec lui ? Pourquoi recherche-t-il, lui, ma compagnie, alors que je ne peux même pas discuter avec mon propre fils ?

Il y a beau temps que le préfet ne voit plus le noir et le blanc du carrelage de la salle d'audience. Claudius Claudianus. Le petit Egyptien, Klafthi. Le garçonnet maigre au teint bistré, pris sur le fait, tandis qu'il sacrifiait au milieu des roseaux, devenu étudiant et portant la toge. Rencontré à nouveau par hasard sous les galeries d'Alexandrie, dans le sillage d'un maître en rhétorique au front dégarni. Plus tard, l'inquiétude, le doute sur sa façon d'agir : est-il séant qu'un haut fonctionnaire, après un court entretien avec le rhéteur-philosophe (une encyclopédie vivante en matière d'art et de bon goût), adresse également quelques mots à l'un de ses disciples ? Est-on censé reconnaître un subalterne appartenant à une autre maison, un protégé au passé et au statut social indéfinis ?

Lorsqu'il parle de cette rencontre à Eliezar, celui-ci semble un instant flatté, l'ombre d'un sourire apparaît sur ses lèvres, puis il dit, abrupt :

— Un brillant élève, m'a-t-on dit. Non, je ne le vois jamais. Il loge chez le rhéteur.

Beaucoup plus tard – ou était-ce peu de temps après ? – viennent les jours de troubles où, sous la direction de Theophilus, évêque d'Alexandrie, le temple de Sérapis est pris d'assaut et détruit. A quelque temps de là, présent au procès contre l'un des richissimes protecteurs du temple (soupçonné de participer à certains rites obscènes, dont on prétend avoir découvert des traces dans la crypte enfouie sous les décombres), Hadrianus reconnaît l'étudiant Klafthi parmi les protégés de ce nommé Olympiodorus. Le visage plus étroit s'est durci et a perdu son aspect juvénile, mais le sombre défi qui avait déjà frappé le préfet dans la roselière s'est accentué. En face de cette étincelle de sauvagerie et d'inconnu, reste d'un monde païen qui chavire, Hadrianus est en plein désarroi. A l'égard d'Olympiodorus et de la poignée de notoires gitons qui l'entoure, il n'éprouve que du dégoût, le sort qui leur sera fait sera encore trop bon pour eux, il escompte les pires châtiments. Il est moins sûr à l'égard de Klafthi. Inquiet, tendu, il vient mettre Eliezar au courant. Lorsqu'il s'avère que celui-ci sait tout, et même depuis longtemps – la mort du maître Claudianos, les mauvaises fréquentations, les tentations du luxe et du libertinage –, Hadrianus n'y tient plus :

— Et vous ne l'avez pas tiré de là ? Vous n'avez rien fait pour le retenir ? Un membre de votre maison, un subalterne, un enfant adoptif, qu'est-il en fait pour vous, abandonné aux mains des païens ?

Emporté par l'émotion (pitié ? charité chrétienne ?), il représente la corruption qu'il a subodorée, comme une aura méphitique entourant cette clique ; son excitation monte à mesure qu'il sent peser sur lui le sombre regard taciturne d'Eliezar.

— Ne faites-vous rien pour lui ? Après l'incident du coq, vous l'avez, si j'ose dire, récompensé en lui offrant une éducation coûteuse dans les meilleures écoles de la ville. Passons. Je n'ai rien dit. Cela pouvait se défendre, il resterait à votre service, vous en preniez la responsabilité. Et maintenant, vous tolérez *cela* ?

Eliezar (sec) :

— Manifestement, je lui ai fourni l'occasion de se livrer à un jeu autrement plus dangereux que ne l'était le sacrifice d'un coq. Ces amis, ce genre de vie, c'est lui qui les a choisis. Ce n'est plus un enfant.

— N'est-il pas tenu de vous rendre des comptes ? Ne vous doit-il pas obéissance ?

Eliezar fait un geste las, de rejet :

— Je n'ai pas mon mot à dire sur ses inclinations. Je le laisse agir à sa guise. Il ne m'est rien.

— Il court aujourd'hui le risque d'être traîné devant les tribunaux avec Olympiodorus et ses acolytes.

— Je n'empêche personne de prendre en main son destin.

Hadrianus intercède personnellement en faveur de la brebis égarée, se charge de lui, le fait entrer à son service dans son secrétariat. Lorsque, longtemps après, il rend une nouvelle visite à Eliezar, c'est avec la conviction d'avoir donné un exemple de charité chrétienne et reçu la récompense qu'il méritait : il peut, en conscience, exalter les mérites du jeune homme dont il a latinisé le nom, le baptisant Claudius ; il vante son caractère, ses performances. Claudius a une connaissance parfaite du grec. Les lettres qu'il rédige sont un modèle du genre. Ses dons littéraires sont incontestables. Il écrit, en grec, des poèmes de toute beauté et les déclame avec talent.

— Un graeculus, donc, dit Eliezar avec un haussement d'épaules, tout en mesurant Hadrianus d'un regard triste et inquisiteur. Un tout petit Grec d'Egypte, comme il y en a tant à Alexandrie. Grec de mœurs aussi ?

Hadrianus se raidit. Il se hâte de dissimuler son malaise sous un flot de paroles :

— Son latin gagne chaque jour en force et en finesse. Même à Rome, son avenir serait assuré.

— Comme Romain d'Egypte alors ?

Hadrianus, qui soupçonne quelque insinuation, n'en est que plus résolu à démontrer au sceptique qu'une âme change, que les bas instincts peuvent être bannis.

Le temps passe. Le nom de Claudius, qui préfère s'appeler Claudianus en l'honneur du rhéteur qui l'a formé devient, chemin faisant, familier dans le cercle des lettrés. Les visites d'Hadrianus à Eliezar s'espacent. Chaque fois qu'il propose d'amener Claudius, Eliezar refuse. Par contre, il s'est longuement penché sur un ouvrage dont on a dit grand bien, la *Gigantomachia**, qu'Hadrianus a soumis un jour à son appréciation. Dans un style éblouissant, une vision de la violente révolte des Géants, les plus anciens habitants de la planète, contre les divinités célestes. Il n'a plus jamais revu le jeune homme depuis le jour où, de la dahabieh, son regard s'était fixé, par-dessus l'eau, sur les paumes ensanglantées de l'enfant. Peut-être l'a-t-il frôlé cent fois dans les rues ou les parcs d'Alexandrie, qui sait s'il ne l'a pas même regardé en face sans le reconnaître. Ses éloges sont mesurés, il est conscient de l'attente d'Hadrianus. Un seul vers hante sa pensée : "Jamais je n'hésiterais à devenir l'arme qui mènerait Zeus à sa perte."

Dans la jungle, on retrouve les traces de quelqu'un que l'on recherche depuis longtemps, des empreintes, des branches cassées qui permettent d'évaluer la direction et l'avance prises. Ainsi procède Eliezar que le doute rend muet : de la langue secrète des thèmes et de l'écriture, il distille l'histoire d'une rébellion qui ignore ses racines. Il félicite Hadrianus des résultats de son intervention, le prie de le laisser seul : depuis quelque temps, il éprouve par intervalles des douleurs fulgurantes, contre lesquelles les médecins ne peuvent rien. Lorsque Hadrianus réapparaît, quelques mois plus tard, il est frappé par le changement inquiétant qui s'est opéré en Eliezar : amaigri, comme desséché, cet homme, qui se tenait autrefois si droit, est recroquevillé dans les plis de son vêtement ; il a le regard atone. La conversation languit. Après un instant d'hésitation (le sujet lui apparaît maintenant déplacé), Hadrianus lit à haute voix un nouveau poème de son protégé sur l'Oiseau Phénix qui, mourant, "l'œil comme pris dans la glace" (Eliezar hoche imperceptiblement la tête), monte sur son nid en flammes, qui sera à la fois sa tombe et son berceau :

D'un coup d'ailes, il surgit de ses cendres
Le fils issu du père, qui soi-même s'engendre
Et entre les confins de ces deux existences
Seul le feu établit une infime distance.

Eliezar reste impassible, le visage détourné, noyé dans l'ombre.

On annonce que l'empereur Theodosius transporte sa cour de Constantinople à Milan. Des réformes administratives sont imminentes. Les fonctionnaires sont convoqués de tous les coins de l'Empire. De nouvelles nominations ont lieu : parmi les privilégiés, Hadrianus, dont les mérites et le zèle religieux sont parvenus jusqu'aux oreilles de l'empereur – et de son archevêque. Un poste l'attend outremer, à la cour du Nord, où il exercera les fonctions de magister officiorum*, chef de la Chancellerie.

Il prend des mesures pour s'embarquer sans tarder avec tout son personnel et sa suite. Dernière visite à Eliezar : adieux définitifs, tous deux le savent. Eliezar lui remet un papier, la copie d'une clause de son testament : "Klafthi servus meus liber esto*."

— Disposition qui prendra légalement effet à l'heure de ma mort. Mes héritiers n'auront aucun droit sur lui. Ne lui en dites rien. Promettez-le-moi. Je ne l'ai jamais traité en esclave.

Hadrianus est assailli de sentiments contradictoires. Quelque chose se contracte en lui, quelque chose d'inavouable, lorsqu'il songe que – s'il avait su – il aurait pu à l'époque acheter l'enfant à Eliezar, faisant ainsi son bien inaliénable de celui qui est le joyau de son état-major personnel et suscite l'envie de tout Alexandrie. Eliezar comprend tout ce qu'il y a de trouble dans l'agitation de l'autre ; dans l'intérêt de Klafthi-Claudius, il ne veut pas que subsiste le moindre malentendu quant à la nature et à la source de sa bienveillance. D'un geste de sa main cireuse, aux doigts noueux, il impose le silence pour ce qu'il lui reste à dire.

Après l'aveu qu'il vient de faire, il veut s'épargner les commentaires d'Hadrianus. Les paroles décisives ont été prononcées, mais il y a d'autres choses à régler.

— Gardez-vous, dans son intérêt, de dire à quiconque que Claudius est un affranchi. Il n'aura l'avenir qu'il mérite que s'il est né libre. C'est partout la règle, mais plus spécialement à Rome. Il est poète et non pas clerc. Introduisez-le dans les grandes maisons où il pourra faire valoir ses dons. Je pense aux Anicii ; je me suis laissé dire que deux jeunes gens de cette lignée sont promis aux plus grands honneurs. Faites en sorte qu'il devienne client dans cette maison. Vous avez fait de lui un demi-Romain, achevez maintenant votre ouvrage. Il ne faut pas qu'il revienne à Alexandrie. Une chose encore, ce sera la dernière : jurez, par tout ce que vous avez de plus sacré, Hadrianus, qu'il n'apprendra jamais sa parenté avec moi et les miens.

Envoûté par le regard éteint du vieillard, Hadrianus lève la main droite : Je jure…

Dans son rêve, le navire disparaissait derrière l'horizon. Qui l'abandonnait là, qui sortait pour toujours de sa vie ? Il lui suffit de fermer un instant les yeux, pour être à nouveau sur les degrés de basalte, pour entendre le clapotis des vaguelettes, leur murmure, lorsqu'elles viennent lécher les marches en y laissant une frange d'écume qui serpente jusqu'à la pointe de sa chaussure. De même que la mer, en couches successives d'un vert puis d'un violet de plus en plus profonds, se mue soudain en abîme, de même, dans la conscience de celui qui s'efforce de sonder son passé, béent des gouffres d'ombre insoupçonnés.

Le silence dans son dos, la désolation de l'étroite colonnade déserte le long de la paroi rocheuse. Dans son rêve, il sentait, derrière lui, sans la voir, la présence de la main levée, taillée dans le roc : Je jure...

Le préfet fait un effort sur lui-même pour rouvrir les yeux, fixer les choses palpables du moment présent, la rangée de sièges vides contre le mur d'en face, les torchères de bronze sur leurs pieds, les taches de lumière aveuglante derrière les ouvertures en plein cintre des fenêtres.

— Je jure que je statuerai dans l'esprit de la loi.

Avant le commencement de la séance, aux aurores, il a prononcé ces mots, le serment que doit faire tout magistrat dans sa fonction de juge ; pour la millième fois peut-être, il a vu sa propre main droite levée.

Aujourd'hui comme hier – pense l'homme qui s'est donné le nom de Niliacus – aujourd'hui comme hier, je suis condamné à me taire. Hier, c'était il y a dix ans, je me suis tu (ou plutôt je n'ai pas nié avoir sacrifié un coq) pour que la suspicion ne se porte pas sur mon bienfaiteur et ami, Manlius

Theodorus, qui, lui, l'avait fait. Aujourd'hui, je me tais pour ne pas accabler davantage Marcus Anicius Rufus (coupable ou non d'avoir voulu immoler un coq) en avouant que nous nous connaissons.

Le visage tourné vers le mur de la salle d'attente réservée aux plus humbles (après lecture du procès-verbal, on a séparé Niliacus des patriciens), il rit de son sort : un rictus plein d'amère ironie. Il n'a pu s'empêcher de poser une énigme au préfet, de semer le désarroi dans ce cerveau, d'y laisser une trace qui l'obligera à s'interroger. Pourquoi l'avoir fait ? C'est la première fois, en dix ans, qu'il se retrouve vis-à-vis de cet insensé, cet orgueilleux pédant. Il n'a guère changé, Hadrianus : la chevelure un peu moins fournie, la bouche plus pincée que jamais, qui hésite toujours entre la bienveillance et le mépris. Et puis, le jeu complaisant avec l'anneau sigillaire, comme jadis. Pas l'ombre d'un signe de reconnaissance dans son regard (il faut croire que, physiquement aussi, j'ai radicalement changé) ; par contre, les marques d'un désordre intérieur, d'un flottement, d'une irritation. Cet homme doit être habité par une formidable capacité de se leurrer sur son propre compte. Insatiable quand il s'agit de harceler ses adversaires, ceux qui ne pensent pas comme lui. S'imagine flairer l'hérésie, la haute trahison, même là où l'air est pur. Toujours ce besoin obsessionnel d'humilier ceux qu'il soupçonne de manquer au respect dû à sa propre excellence. Marcus Anicius Rufus lui a inspiré une haine implacable du jour où, il y a vingt-cinq ans, il m'a fait obtenir – à moi, petit poète débutant – un poste auprès de Romains de vieille souche, d'authentiques aristocrates.

Le soldat posté près de la porte commence à s'animer. L'immobilité de l'accusé, assis le dos tourné, a dû attirer son attention. Celui qui se dit Niliacus se redresse sur son banc, fixe le vide dans la direction du marbre sale et endommagé du mur, de l'autre côté du local.

Hadrianus : la lumière d'Egypte – loin d'être le protecteur désintéressé pour lequel il aimait se faire passer. Aucune sympathie, aucune joie devant l'ascension rapide de son protégé – bien au contraire. Lors du précédent procès, il a obtenu ce qu'il voulait : son intervention (calomnie ? Image incomplète de la réalité ? Exposé tendancieux d'un passé que pas même lui ne connaissait vraiment ?) m'a coûté l'amitié qui me liait aux Anicii. Suivit alors le retour de l'Enfant Prodigue ; c'est du moins l'impression qu'il fallait donner. Mais qu'y avait-il de commun entre les sentiments d'Hadrianus et l'amour paternel ?

Le marbre du mur, délavé, d'un brun de rouille mêlé de jaune, fait penser à une chair malade. Qu'a-t-il en tête, Hadrianus, aujourd'hui préfet de la Ville : est-il, plus que quiconque, assoiffé d'argent, de richesses et d'autorité parce que certaines personnes échappent complètement à son emprise, parce qu'il ne peut pas leur imposer sa volonté ? Exiger une reconnaissance éternelle, retenir un homme en échange d'une faveur autrefois accordée, c'est plus que de la bêtise, c'est un forfait. Combien nouvelle, intéressante et surtout bienfaisante m'était apparue à l'époque, là-bas dans le Nord, la manière abrupte, souvent bourrue de Manlius Theodorus, authentique érudit et savant, lui, dépourvu de vanité et d'ambition, auprès des platitudes et du ton pontifiant de ce cuistre. L'épigramme dans laquelle je les avais opposés l'un à l'autre, le rêveur intègre, Manlius, et l'insomniaque importun, Hadrianus, avait été une erreur, née du besoin désespéré d'être libre, de transpercer cette peau d'éléphant, au besoin par la violence. Quatre vers, rien de plus, qui faillirent coûter la vie à Manlius, et aussi à moi-même, bien que sous une autre forme. Celui qui les a écrits, l'étoile montante de la poésie que j'étais alors, était en train de tisser son destin. Tandis que, depuis longtemps, je n'avais plus pensé à ces quelques vers, et que, depuis longtemps, je m'étais élevé bien au-dessus de l'essaim des clients de Manlius pour entrer dans la puissante suite de Stilicho, Hadrianus – entre-temps expédié à Rome sous prétexte d'une promotion – portait toujours en lui, manifestement, cette blessure d'amour-propre comme une plaie ouverte, suppurante, qui ne parvenait pas à se cicatriser.

Dans le marbre du mur, un enchevêtrement de fils et de macules rougeâtres qui fait songer à de la chair à vif, ensanglantée.

Dix ans plus tôt, à quelques mètres seulement de ce même endroit, enfermé dans un cachot souterrain, en proie au désespoir et à la rage, je me suis brisé les poings contre le mur. Non pas à cause du verdict, auquel je pouvais m'attendre en me laissant accuser de sacrificium* et de divinatio*, mais à cause de la certitude que personne, ni à Rome ni ailleurs, pas plus Stilicho que Manlius ou les Anicii, ne risquerait sa peau pour moi ou ne me considérait autrement que comme un instrument utile, une compagnie agréable, une personne à cultiver qui maintenant, hélas, s'était malencontreusement fourvoyée.

Pris au piège entre la mer et le basalte, sans l'espoir d'une issue – puisqu'il ne pouvait suivre celui qui s'éloignait de la côte en l'appelant. Le souvenir de l'angoisse qui s'était emparée de lui dans son rêve indispose le préfet. Il se lève, va et vient, ne parvient pas à se débarrasser de son ombre. La salle est pleine de l'invisible autrefois. Le dernier entretien avec le condamné d'alors, dix ans plus tôt. Le besoin d'expliquer en détail pourquoi, après la cruelle offense qu'il avait essuyée, il ne pouvait faire autrement que de miner la réputation de l'autre. Sur le visage qui lui faisait face et où des jours de détention avaient laissé leurs traces d'épuisement et de crasse, l'éclair de défi qui, soudain, enflammait à nouveau le regard jamais oublié :

— N'ai-je pas, dans un poème, ouvertement imploré ton pardon, pour que nul n'en ignore : une apologie en bonne et due forme. Je me suis traîné à tes pieds comme un suppliant. Cela ne te suffit-il pas ?

Hadrianus :

— Qu'est-ce que cela change ? C'est venu trop tard. Tu ne peux plus réparer l'immense préjudice que tu m'as causé en publiant cette épigramme. Quant à moi, je ne peux plus empêcher que tout Rome sache qui tu es, ce que tu es : l'esclave affranchi d'un Juif, qui plus est, découvert par moi, au milieu de la clique païenne la plus dissolue d'Alexandrie. Pendant le procès, je t'ai épargné, je n'ai fait mention ni de ton vrai nom, ni de ta véritable origine, rien de tout cela ne se retrouvera dans les actes. N'est-ce pas faire preuve de la plus grande clémence ? Eu égard à tes talents de poète, on accepte ce silence, mais la vérité est connue de tous et ceux qui ont le souci de conserver les faveurs de la cour et des autorités et tiennent à leur réputation ont oublié qu'ils t'avaient jamais ouvert leurs portes, qu'ils avaient jamais applaudi à tes vers...

Les paroles que cache ce discours, celles que, par instinct de conservation, il s'est gardé de prononcer : "Tes supplications ont été entendues. Non pas parce qu'elles étaient pathétiques ou parce que tu me compares à Alexandre, Achille et Hercule, pas même parce que tu reconnais mon autorité devant le monde entier. Deux mots m'ont touché : miserere tuorum... aie pitié de qui t'appartient. Pour ces deux mots, je t'ouvre à nouveau mes portes, je t'offre à nouveau ma protection. Tu sais donc que nulle part, tu n'as été l'objet d'autant d'attention, que personne ne t'a montré autant d'affection. Je ferai l'impossible pour te libérer."

Voilà ce qu'Hadrianus n'a pas dit. Méfiance et crainte paralysaient sa langue ; méfiance : où s'arrêtent, chez cet homme, la rhétorique et les transports lyriques, où commencent les vrais sentiments ? Crainte : un tel aveu, qui équivalait à jeter le masque, qui l'engageait à en supporter toutes les conséquences – rétrogradation sociale éventuelle, peut-être même mise en demeure de quitter Rome – cet aveu ne risquait-il pas de rebuter, d'éloigner de lui à jamais celui qui en était l'objet ? Car ce que le préfet évoquerait, dévoilerait en prononçant ces paroles allait irrévocablement tout bouleverser.

Le phare de Pharos : un doigt avertisseur à l'horizon, la côte d'Egypte qui disparaît. Sur la dunette du navire, gagné par l'émotion (moins causée par le départ que par l'espoir de réaliser ses vœux les plus ardents : Rome d'abord, puis l'impériale Milan et la promotion), Hadrianus s'est juré tout bas, à l'époque, de partager sa gloire avec le jeune homme qui l'accompagnait, comme il l'aurait fait pour un fils, un frère ; de tout mettre en œuvre pour que puisse s'épanouir son talent et par-dessus tout, d'éveiller l'âme qui dormait dans ce païen, condition indispensable à la noble harmonie de leurs rapports.

Le préfet sursaute, brusquement arraché au passé revécu. Ses clercs, ses policiers, le héraut ont fait leur entrée et repris leur place. Combien de temps s'est écoulé depuis qu'il a exigé une pause pour l'examen des documents confisqués ? Et pourtant, il ne se sent toujours pas prêt à rouvrir la séance. Qu'ils attendent.

Il se rend dans la salle réservée aux entretiens privés. Quelques escaliers et des galeries le séparent de ce Niliacus, là-bas, dans l'antichambre. Il sait qu'il lui suffit de donner un ordre au prétorien qui l'a accompagné et l'attend maintenant, près de la porte encore ouverte. Et ensuite ? Quand l'homme se présentera devant lui, drapé dans sa toge élimée, farouchement sur son quant-à-soi ?

Hadrianus mande Aulus Fronto, le commandant de la garde. Celui-ci lui apporte des nouvelles de ce qui se passe dans les cachots souterrains.

— L'esclave Milo a avoué sous contrainte avoir remis à l'homme Niliacus, le soir de la première visite du susdit à Marcus Anicius Rufus et sur ordre de ce dernier, un rouleau pris dans la bibliothèque, que ce Niliacus a ensuite emporté.

— Quel texte ?

— Il n'y avait rien d'écrit dessus.

— Quoi encore ?

— Il apparaît que, le jour de l'entrée de notre auguste empereur Honorius, Marcus Anicius Rufus est venu en aide au dénommé Niliacus, aux prises avec le service de sécurité de la ville pour avoir endommagé une statue sur le forum de Trajan.

— Quelle statue ?

— Celle du poète Claudius Claudianus.

Le préfet se tait longuement. Finalement, prenant place, il dit :

— Amenez-moi le mime Pylade et son nain. Pas dans le prétoire. *Ici.*

D'un air dégoûté, Urbanilla détourne son regard de la barrière derrière laquelle vient de passer l'épouse de Marcus Anicius Rufus, qui se rendait à l'interrogatoire.

— Bêcheuse !

— Du calme, la môme, siffle le nain qui, déguisé en Priape, ressemble, dans la violente lumière du jour, à un concombre ambulant coiffé de rouge, une énorme saucisse.

Il ne peut pas se permettre d'enlever son costume, il n'a rien en dessous ; son visage est luisant de sueur, il jure et se gratte contre le mur. Urbanilla s'étire ; sa poitrine nue, aux mamelons peints, tremble sous le collier de pacotille à cinq rangs. Du coin de l'œil, elle aperçoit encore Sempronia, là-bas, près de la porte qui donne accès au palais de justice : une matrone en tenue de cérémonie, celle-là même qu'elle portait, douze heures plus tôt, pour accueillir ses hôtes, aussi maîtresse d'elle-même que dans son triclinium*. Urbanilla singe la démarche de la patricienne, se tord de rire en silence, les poings sur les hanches.

— Tu crèves de jalousie, ma vieille. Son style, tu l'auras quand les poules auront des dents. Balcho, botte donc les fesses à cette garce.

— Toi, le gros, bas les pattes, si tu me touches, je te laboure la figure.

— Tu l'entends, la déesse Ariane. Va-t'en, tu pues ; on se croirait sur le marché aux poissons.

— C'est de ta peau écœurante que tu parles, c'est ce qui est le plus près de ton nez.

Celui qui mène la bande, vautré de tout son long sur un lit de camp, repousse du pied son manteau de scène froissé et couvert de taches :

— Vos gueules, vous autres, espèces de canailles, histrions, jean-foutre…

Le nain accourt, tête par-dessus cul, aussi vite que le lui permet son costume, pour ramasser le vêtement et l'étendre à nouveau, avec sollicitude, sur les pieds de l'acteur.

— Pourquoi est-ce que je ne vaux plus rien, tout d'un coup ? Dis-le donc, tu as honte de te produire avec moi. Tu ne veux plus de moi.

— Arrête de me casser les pieds, j'en ai assez, ce n'est pas normal qu'on nous fasse attendre si longtemps.

— Nous deux, Bacchus et Priape, faut qu'on reste. Notre numéro de ventriloque, ça a toujours bien marché. A quoi ils nous servent ces deux-là, cette vipère lubrique et Balcho, avec ses muscles noyés dans la graisse, et bête comme trente-six cochons avec ça. Tout ce qu'il sait faire, c'est se remplir la panse. On se débrouillait si bien avec nos numéros à nous…

— *Nos* numéros ? Ce que tu sais faire, c'est moi qui te l'ai appris. Tu n'es rien, tu ne sais rien. J'ai été te chercher sous les ponts…

— Comme si je ne t'étais pas reconnaissant ! Est-ce que je ne fais pas tout ce que tu demandes ? Je suis ton paillasson, ton chien. Et maintenant, tu veux me laisser crever.

— Ne pleurniche pas. Tu sais ce que je te reproche. Ne t'occupe pas de ce qui ne te regarde pas. C'est moi, ici, qui donne les ordres. Personne ne t'a dit que cette fois-ci on avait besoin d'un acteur de plus.

— Mais, patron, je croyais que t'avais jeté ton dévolu sur le maître d'école pour les représentations en plein air, je te le jure.

— Tu mens. J'avais des projets bien différents et tu ne pouvais pas l'avaler. Tu as voulu te débarrasser de lui. Nous risquons notre tête à cause de tes discours fielleux. Cet homme-là, ce n'est ni un vagabond, ni un analphabète, ni un esclave en fuite, ni un cul-terreux débile qui se laisse mener à l'abattoir comme un bœuf. Qu'est-ce qui a pu te passer par la tête…

— Mais on devait apporter un autel et des coqs…

— On ne t'en demandait pas plus. J'avais déjà fait des arrangements.

— Allons, patron, avoue-le, ce type-là te tapait sur les nerfs depuis un bon moment déjà.

— J'ai dit qu'il ne serait pas facile de mettre la main dessus, mais tout valait mieux que ta jalousie maladive et ton léchage de bottes. J'étais sur le point de le mettre dans ma poche. Avec lui, j'aurais pu monter quelque chose d'autrement plus réussi que ce pitoyable spectacle qui, en plus, me fait courir trop de risques parce que tu n'en fais qu'à ta tête. Maintenant, à cause de lui, on pourrait bien se faire cravater.

— Je te jure que je n'ai rien dit. Il ne sait rien. Je ne lui ai pas parlé. Je lui ai seulement fait parvenir un message oral par un tiers, prétendant que Marcus Anicius Rufus voulait le voir – c'était pour l'attirer dans ce jardin... S'ils réussissent à lui faire avouer cette histoire de message anonyme, nous, on est couverts et le préfet sera satisfait, il pourra envoyer tous ces messieurs en exil. Ce ne serait pas la première fois que ça se passerait comme ça...

— Imbécile, tu avais bien besoin de broder ! Tu ne comprends donc pas ce que ça signifie d'avoir eu à comparaître une seconde fois, d'avoir été soumis à un nouvel interrogatoire. C'est la première fois que ça arrive. Il y a quelque chose là-dessous. Le préfet est méfiant, il s'intéresse à cet homme qui, manifestement, n'a rien révélé sur lui-même et qui, en outre, s'est présenté sous un autre nom. Et tu choisis le moment où nous avons tout intérêt à en savoir le moins possible sur son compte, pour en remettre en racontant où il habite, ce qu'il fait et en précisant que nous lui avons déjà parlé. Tu t'imagines que le préfet a pitié des indicateurs qui ne connaissent pas leur métier ? On est faits comme des rats.

— Qu'est-ce que tu veux dire, Pylade ? Qu'est-ce qui va se passer ? supplie l'avorton, maintenant larmoyant.

Le colosse Balcho sort de son coin, s'avance d'un pas et d'un geste fulgurant de la main fait mine de se trancher la gorge en émettant un râle. Urbanilla éclate d'un rire hystérique en pointant son index vers le nain. De derrière la barrière, au loin, un soldat de la garde réclame le silence.

Urbanilla, enfant de la Ville. Elle ne se rappelle pas avoir eu des parents. Elle a toujours vécu dans la rue, sous les ponts et les aqueducs, se déplaçant d'un quartier à un autre avec des meutes de sans-abri, presque tous des affranchis, venus de la province pour chercher du travail à Rome, réfugiés des régions frontalières occupées par les Barbares, mendiants de toute sorte. Des jeunes comme elle, par centaines : enfants exposés, abandonnés, fugueurs, orphelins. Au milieu des adultes, une horde farouche, endurcie, roublarde, chapardeuse, prête à griffer et à mordre. La maladie, les accidents se chargeaient d'éclaircir les rangs de ceux qui n'étaient pas capables de pourvoir à leurs besoins ; les enfants infirmes, contrefaits tombaient vite entre les mains de mendiants, les plus agiles et les plus dégourdis finissaient, tôt ou tard, par se joindre à une bande de voleurs ou à des saltimbanques. Les grands garçons montés en graine, les filles à peine formées étaient exposés à d'autres dangers : le marché d'esclaves, le lupanar, les racoleurs. Urbanilla connaît toutes les venelles, tous les culs-de-sac de la Subure*, toutes les caches le long du Tibre et dans les collines à la lisière de la ville. Par mauvais temps, elle se réfugiait dans les égouts, les entrepôts, les caves ; les autres jours, elle couchait à la belle étoile, dans des fossés ou entre les colonnades de temples interdits ou désaffectés. Elle volait sa nourriture aux étals ou faisait les poubelles.

Elle ignore son âge, l'origine de son nom. Elle a eu ses menstrues pour la première fois à l'époque où les Goths assiégeaient la ville. Pendant la disette, elle fut de ceux qui ne reculaient devant rien pour pouvoir subsister. Comme un rat, un furet, un fauve, elle se faufilait, rampait, grimpait vers tout ce qui pouvait lui servir, piétinant et mordant ceux qui voulaient lui arracher son butin ou faucher ce qu'elle tenait caché sous ses loques. Dans le chaos qui suivit l'invasion des troupes d'Alaric, elle fut séparée de la bande dont elle faisait partie. Elle fut violée par ceux qui parvenaient à l'épingler lorsque, d'aventure, elle se rapprochait trop des campements des Barbares (pour tenter de s'approprier la nourriture qu'elle pensait – à juste titre – y trouver en abondance). Après leur départ, elle reprit sa place dans l'armée des vagabonds, dont les rangs avaient entre-temps grossi, vivant tantôt ici, tantôt là, jusqu'au jour où, dans un fossé derrière les murs de la ville, elle donna le jour à un enfant qui ne vécut pas longtemps, faute de nourriture et de soins. Une mendiante qui faisait profession de cueillir les simples, la débarrassa d'une seconde et d'une troisième grossesse.

La végétation avait de nouveau envahi les ruines et là où avait passé l'incendie, s'élevaient des édifices tout neufs. Dans sa tunique déchirée, Urbanilla traînait le long des cafés, en quête de clients ; elle n'était pas difficile. Quand le nain l'apostropha et lui offrit de l'argent, elle fut prise de fou rire devant l'aplomb du personnage et le ridicule de la situation, mais elle l'accompagna. Un homme aux vêtements bariolés, que le nain traitait avec déférence – il se faisait appeler maître mime – lui promit une vie facile, si elle acceptait de se produire avec lui, dans les villas des riches, aussi souvent qu'il le lui demanderait. Pour la première fois de sa vie, un toit sur la tête, un lit, des repas, des bains. Tandis que le nain donnait des coups de cymbales ou pinçait les cordes de la cithare, Urbanilla reproduisait les pas de danse que lui enseignait le maître. Grimée, les cheveux maintenant teints, bouclés et arrangés avec soin, elle subissait les assauts du patron (tour à tour Bacchus, Jupiter, tout l'Olympe) dans le rôle de déesses et de nymphes dont elle n'avait jamais entendu parler et dont elle avait peine à retenir les noms, devant un public toujours différent, tantôt blasé, tantôt ivre, excité ou fasciné par le spectacle.

Le nain la déteste ; le gros, qui remplit la double fonction d'assistant et de garde du corps, ne demanderait pas mieux que de la peloter, mais il n'ose pas, d'ailleurs l'occasion ne se présente pas. De son côté, Urbanilla bave sur le gros, craint le nain (bien qu'elle ne le laisse pas paraître), se sent mal à l'aise devant l'indifférence dégoûtée de son employeur.

Qui s'intéresse à son mode de vie ? Elle n'est rien de plus que la feuille d'un arbre, qu'un caillou dans le lit d'une rivière, une créature sans droits. Pour elle n'existent que le *hic et nunc*. La rue est son domaine, c'est le seul endroit où elle se sente chez elle. Fébrile, curieuse, prompte à réagir, ne faisant qu'un avec la foule, elle est de tous les attroupements, de toutes les bagarres, palpe toutes les marchandises étalées sans rien acheter, lance des quolibets avec les autres, se débrouille pour filer au bon moment, sans souci des vêtements neufs qu'elle porte depuis qu'elle appartient à la troupe de Pylade, palla*, stola*, voile.

Son visage fait penser au museau d'un chat errant, brun délavé, triangulaire, aux pommettes saillantes ; même regard perçant, affamé, même bouche, armée de petits crocs de carnassier. Son corps est ferme et mûr à la fois. On peut compter ses côtes, mais sa gorge est ronde : au repos, elle s'appuie nonchalamment sur une hanche, laissant apparaître les formes pleines des reins et du ventre, mais ses bras et ses jambes sont ceux d'un lutteur endurci et d'un grimpeur. Même dans les vêtements qu'elle doit à son nouvel état de comédienne, elle a l'air d'une maritorne, sa crinière tombe en mèches folles sur ses épaules, son khôl a maculé le contour de ses yeux. Pylade lui a interdit de faire le trottoir et l'a placée sous la surveillance du gargotier Apicius. Elle habite au-dessus de sa cave, aide aux cuisines les jours où l'acteur n'a pas besoin d'elle.

Jamais Urbanilla ne s'analyse, ne se penche sur son sort. Elle ne se rend même pas compte de son manque total de talent, ignore ce qui fait sa véritable force, ce mélange, habilement exploité par Pylade dans la pantomime, d'impétuosité et de passivité, tantôt débordante de vie comme une enfant ou déchaînée comme une ménade, tantôt soumise comme un chien, apathique, malléable comme de l'argile.

Quand elle ne peut pas courir les rues, elle aime s'accroupir dans un coin ou dans l'embrasure d'une porte, l'oreille attentive aux bruits du dehors, attirée d'instinct par les remous de la vie, dans cet océan de maisons. Même sans rien voir, aux seules odeurs qu'elle renifle ou à l'air qui effleure sa peau, elle devine la nature de ce qui s'agite dans les ruelles, l'heure qu'il est, un incident quotidien ou au contraire inattendu.

Elle se cure les dents sans vergogne, démêle les nœuds qu'elle a dans les cheveux. D'autres fois, elle reste simplement assise, les bras croisés sur la poitrine, les mains enserrant ses épaules. Quand le vent qui vient du Tibre lui apporte l'odeur de la campagne, de vagues réminiscences s'éveillent en elle : les restes calcinés de flambées allumées sous l'aqueduc, l'enfant qu'elle a enterré là, la rapine et la prostitution aux portes de Rome.

Le jour de l'entrée de l'empereur Honorius (la cave voûtée d'Apicius est bondée depuis le lever du soleil), tandis que, penchée sur les fourneaux, elle fait frire du poisson dans le réduit enfumé qui sent le graillon, le nain – suivi de Balcho – vient lui annoncer, avec un rire mauvais sur les lèvres, que Pylade est dans le local, avec un homme qu'ils ont rencontré par hasard :

— Pour te faire danser, ma toute belle, un beau gosse, tu sais, vous allez pouvoir jouer Eros et Psyché, Vénus et Adonis...

— Tire-toi ou j'arrose ta sale gueule d'huile bouillante...

Mais dès qu'elle a sorti les sardines de leurs poêles, elle emboîte le pas aux deux individus, en s'essuyant les mains sur sa tunique et en secouant la tête et les épaules pour répartir ses cheveux graisseux en quatre torsades, deux devant, deux derrière.

Attablé face à Pylade : un mendiant ivre, efflanqué sous ses guenilles, contemple d'un regard absent le fond de son gobelet. Urbanilla, furieuse d'être tombée dans le panneau, crache sur le vagabond et vocifère des insultes à son adresse avant de s'enfuir vers ses casseroles.

Son infaillible instinct l'avertit plus tard qu'il y a de l'orage dans l'air : le patron et Homullus ne sont pas d'accord et leur divergence de vues dépasse de loin les prises de bec habituelles. Elle sait depuis longtemps que le nain et son arrogante façon de se poser en bras droit et remplaçant du maître horripilent Pylade. Elle sait également – sa bêtise a des limites – que les spectacles ne sont pas aussi innocents qu'on voudrait le lui faire croire. Régulièrement, les vigiles viennent perturber les représentations ; à la lumière des torches, les exécutants doivent alors se rendre, en cortège, à la préfecture, au milieu de la confusion et des jérémiades. Le plus souvent, Pylade et le nain, après avoir été interrogés dans la chambre haute, ne tardent pas à rejoindre la fille et Balcho, qui les attendent derrière la barrière. Elle ignore ce qui se déroule là-haut, mais ne cherche pas à en savoir plus long. Elle devine vaguement de quoi il retourne, mais elle ne s'en soucie guère. Les magistrats, les fonctionnaires, les seigneurs, toute la machine de l'Etat et toutes les institutions ne lui inspirent que de la crainte, rien d'autre. Un jour – peu de temps après l'incident à l'auberge d'Apicius – Pylade la prend à part et lui ordonne d'aller voir un certain Pro Se ou Ignotus*, dans l'île Julia, derrière les Dix Tavernes :

— Un maître d'école, un crève-la-faim, un traîne-misère, mais sauf erreur, un volcan qui n'est pas encore éteint. Réveille-le, fais-lui l'amour, tu connais pas mal de trucs, débrouille-toi. Pour le reste, c'est mon affaire.

— Le vieux dégoûtant de la popina ?

— Qui sait ? Il ne te déplaira peut-être pas tant que ça ; d'ailleurs, je ne te demande pas ton avis. Fais ce que je te dis. Et ne fais pas la fine bouche. Tu en as vu d'autres !

Urbanilla se met en route, maussade, résignée. Elle doit attendre longtemps, dans la demi-obscurité d'un galetas infesté de mouches, au troisième étage d'une de ces cages à lapins, jusqu'au retour du locataire à la tombée du jour. Il allume la lampe à huile et la regarde en silence, irrité, par-dessus la flamme. Alors Urbanilla ressent un besoin irraisonné de fuir, de crier, non pas parce qu'elle a peur, mais parce qu'elle éprouve un malaise indéfinissable, beaucoup plus inquiétant que l'épouvante, une irrépressible envie de se métamorphoser, de ne plus être, de se libérer de quelque chose d'invisible qui lui colle à la peau. Dans cet espace resserré, à la lueur vacillante d'un lumignon, face à cet inconnu dont le regard bloque toute velléité de réaction, elle s'avise soudain qu'elle a un "moi", et que ce moi est seul, perdu dans un monde occulte, insondable. Quand l'homme l'éconduit, elle sort si précipitamment qu'elle trébuche dans les escaliers sombres avant de se retrouver dans la rue.

Pylade entend le récit de son échec avec un haussement d'épaules plein de mépris.

— Je te croyais capable d'au moins une chose, je me suis trompé.

Quand le jour renaît, Urbanilla se replonge dans le labyrinthe de la Subure. Ce n'est pas qu'elle veuille renouveler la tentative ratée de la veille. (A-t-elle seulement tenté quelque chose ?) Elle reconnaît l'auvent près du marché aux fruits, non loin des bains publics, où – à peine séparés de la cohue par une bâche déchirée – une demi-douzaine de gamins (pour la plupart en haillons, comme elle l'avait été) apprennent à lire, sous la direction du ludi magister*, aussi dépenaillé qu'eux.

Urbanilla continue à rôder dans les parages, regarde de loin, se rapproche, épie ce qui se passe derrière la toile, essaie de saisir ce qui se dit. Elle ne sait pas pourquoi. Dans les jours qui suivent, elle répète ses incursions jusqu'au moment où Pylade l'accapare à nouveau pour la préparer sans ménagement à un nouveau rôle.

Dans le cortège des personnes arrêtées au cours de la descente de police chez Marcus Anicius Rufus, elle reconnaît l'homme. Sa présence fait croître en elle les sentiments de rancune et de joie maligne que lui inspirent Pylade, Homullus et Balcho. Quelque chose a mal tourné, un espoir fou l'envahit.

II

Le palanquin où avait pris place l'empereur Honorius était déjà passé depuis un moment lorsque, de la cohue grouillante derrière moi, sous les pins, s'élevèrent les cris de "Munera ! Munera !" – "Des jeux ! Des jeux !". Un instant, chacun sembla se pétrifier – la suite de l'empereur, cortège interminable de toges multicolores, ralentit le pas –, puis ce fut comme si un frisson parcourait la foule. J'essayai, moi aussi, de voir ce qui se passait derrière moi, je tendis le cou, mais ne pus pas davantage que les autres découvrir d'où étaient venus les cris. Je n'en aurais pas cru mes oreilles, si je n'avais lu dans les regards, sur les visages levés qui m'entouraient, cette soudaine attention passionnée qui précède les jeux du cirque. Je reconnaissais la sensation éprouvée autrefois, lorsque je devais me frayer un chemin à travers la foule amassée devant les arènes. Tension, soif de sang, besoin éperdu, aveugle de sortir de soi, tout cela répandait une odeur plus pénétrante que celle de la sueur. Je retrouvais ce courant sous-jacent d'excitation et de fièvre des sens, ce bouillonnement, cette turbulence, phénomènes tellement plus terrifiants lorsqu'ils secouent une marée humaine que dans la nature, en mer par exemple, quand se lève la tempête ou dans un ciel tourmenté, juste avant le déchaînement de l'orage.

Il n'avait pas fallu plus de quelques minutes aux prétoriens, échelonnés en un long cordon, pour arrriver à contenir la foule des spectateurs. Le cortège se remit en marche. De loin, j'aperçus Honorius, qui dodelinait au-dessus des têtes de ses soldats et de ses évêques, comme une marionnette scintillant de tous ses ors.

Il était naturel de penser que de jeunes braillards, ennemis politiques de l'empereur, voulaient créer un climat d'hostilité contre lui en rappelant qu'on lui devait la suppression d'un divertissement populaire autrefois très prisé. Mais pour moi, ces cris rauques, frénétiques, “Munera ! Munera !”, traduisaient tout autre chose que le véritable désir d'une reprise de ces spectacles répugnants et cruels. Les prêtres, avec leurs croix et leurs bannières, qui précédaient Honorius s'étaient remis à chanter, mais là où je me trouvais, planait encore l'écho de ces cris de protestation, d'angoisse mortelle, car c'était bien cela que j'avais entendu, des appels étranglés qui semblaient échappés des entrailles de la terre ou de derrière les portes condamnées des temples. Ces cris me ramenèrent à la réalité. Je repris conscience du temps et du lieu. Quatorze ans plus tôt, sur les mêmes pavés, je marchais derrière Honorius en direction du Forum, à l'occasion de sa première réception solennelle à Rome, en tant qu'empereur. La ville se dressait alors sur ses sept collines, dans l'éclat de ses marbres et de ses dorures, comme si rien ne devait jamais avoir prise sur elle. Trompeuse apparence : dans les temples, les araignées avaient ourdi les fils de leurs toiles autour des statues encrassées des dieux, mais au-dehors, les façades, les obélisques, les colonnades, les édifices gouvernementaux et naturellement les églises avaient fait peau neuve et été richement décorés pour la circonstance. J'avais une place d'honneur dans le cortège et j'avançais dignement, dans une tunique brodée, tenant à la main l'étui qui contenait mon ode, calme, vigilant comme à mon habitude, sûr de moi et en même temps impressionné, parce que la Ville, le centre du monde, recouvrait enfin le droit qui lui revenait d'abriter l'empereur et d'être le siège de la cour et du gouvernement. Je n'aime pas Milan avec sa bise aigre ; je déteste Ravenne et ses marécages. Tandis que, mêlé à cette singulière procession – les moines à côté des courtisans, les Barbares, armés de pied en cap, côtoyant les sénateurs –, je franchissais les arcs de triomphe qui jalonnent le Clivus capitolinus* pour rejoindre le Forum s'étendant à nos pieds dans une brume de poussière scintillante, je m'étais solennellement juré de ne plus jamais quitter Rome. Le destin aurait dû m'accorder le don de double vue, me faire un signe, m'offrir la vision de cette autre entrée d'Honorius quatorze ans plus tard, hier : la même route, mais moins bien entretenue, les mêmes temples, mais encore plus délabrés, interdits d'accès, envahis par les herbes folles, les mêmes monuments, mais dépouillés entre-temps par les Goths de leurs dorures et de leurs ornements, et moi, sur le talus ombragé de pins qui borde la route, déguenillé, vieilli, taciturne, immobile au milieu de la foule et de ses applaudissements de commande. A l'époque, Honorius, sur son char triomphal, avait à ses côtés, à la place d'honneur, son beau-père Stilicho, qu'avec d'amples gestes des bras il ne cessait d'inviter à prendre sa part des hommages rendus. Il ne pouvait faire autrement, Honorius, car c'était à Stilicho qu'il devait sa gloire impériale et plus que cela. Cette fois-là, aucun cri alarmant ne s'était élevé de la foule, ou peut-être n'avons-nous rien entendu à cause des acclamations du public, des cantiques des prêtres qui conduisaient le cortège et de la fanfare des Germains qui fermaient la marche. La jalousie qu'Honorius a dû ressentir dès son plus jeune âge envers celui qui se disait son tuteur mais régnait en fait sur l'Empire le rongeait sourdement. Il se maîtrisait et Stilicho, de son côté, ne laissait jamais paraître le mépris qu'il éprouvait pour son impérial gendre et pour l'antipathie de ce dernier à son endroit. Ceux qui étaient dans le secret attendaient – sans oser le dire ouvertement – le moment où l'hostilité silencieuse se transformerait en une lutte à mort. Moi aussi, je le savais, comme je savais ou croyais savoir tant de choses, à l'époque. Tandis qu'une pluie de roses s'abattait sur la procession d'Honorius – et donc sur moi – je réfléchissais aux termes que je pourrais utiliser pour rendre hommage à Stilicho sans offenser l'empereur et flatter l'empereur sans pour autant négliger de donner tout leur poids aux mérites de Stilicho. Quand je regarde en arrière, je me demande si je dois rire ou pleurer devant tant de sagacité à courte vue ! En spectateur de la *seconde* entrée d'Honorius, j'ai vu hier, avec les yeux du souvenir, défiler mon moi d'autrefois, un homme illustre, promis aux plus grands honneurs. Ma chute était proche, et moi qui comprenais ou croyais comprendre tant de choses, je ne m'en doutais pas.

Je ne parvenais pas à me délivrer de cette clameur "Munera ! Munera !", ce son discordant qu'on eût dit sorti de terre. Dès que le défilé eut disparu ainsi que le cordon de soldats, la foule commença à se disperser. A aucun moment il n'avait été question d 'enthousiasme mais plutôt d'une manière de complaisance passive à regarder ce que le hasard offrait à la vue. Ce qui me frappa, c'est que personne n'ouvrit la bouche sur l'incident. J'eus au contraire l'impression que ceux qui, comme moi, avaient attendu sur le talus ou sous les pins derrière nous, tout près de l'enceinte des temples, évitaient de former des groupes pour échanger leurs commentaires. J'étais persuadé que les cris n'étaient pas le fait de provocateurs. Pourtant j'attendis un instant au bord de la route pour voir si des gardes du préfet ou d'autres individus préposés à notre sécurité allaient surgir de derrière les temples. Mais l'endroit me parut presque exclusivement peuplé de passants, de gens qui voulaient se rapprocher du Forum, et de personnes – beaucoup moins nombreuses, il est vrai – qui tentaient d'entrapercevoir de leur place les cérémonies qui se déroulaient devant le Sénat. Quelqu'un me donna une aumône, une femme, une chrétienne à n'en pas douter, une de ces bienfaitrices qui passent leurs journées à distribuer de l'argent aux pauvres – même à ceux qui ne tendent pas la main – dans l'espoir de connaître un jour la béatitude céleste. J'allai m'asseoir dans l'herbe sèche, contre le mur d'enceinte des temples. En l'espace de deux décennies, j'ai vu sombrer un monde et naître quelque chose de nouveau, quelque chose de complètement étranger à ma vie intérieure. Dans les quartiers où j'ai vécu depuis ma disparition officielle, dans les cages à lapins misérables ou sur telle ou telle place, sur tel marché du voisinage, je peux encore m'imaginer qu'en vingt-cinq ans, rien n'a changé. Sous les porches nauséabonds des insulae*, entre les éventaires et les ateliers, dans les bains publics de l'homme du peuple, les bavardages et les plaisanteries portent sur le genre de choses qui n'évoluent pas vite et les événements prennent la couleur de l'humanité moyenne. Les questions de politique et de foi déterminent le climat dans lequel vit la nouvelle classe régnante.

Adossé à la clôture qui interdit l'accès aux temples – la plupart menacent ruine – je vis passer, dans leurs litières, des hommes et des femmes de cette engeance, coiffés et vêtus à la mode de l'empire byzantin, celle que préfère Honorius et que, de ce fait, les évêques n'osent critiquer. Créatures d'un autre monde, fonctionnaires et commerçants qui ont fait une carrière fulgurante et se sont enrichis en négociant avec les Goths, se nomment clarissimi* ou nobilissimi* et savent fort bien allier leur foi chrétienne et leurs activités temporelles. Sur ce point, l'Eglise leur donne sa bénédiction, car l'Empire ne peut se passer de serviteurs pour faire fonctionner l'appareil labyrinthique de l'Etat et quiconque ne professe pas la fides catholica n'a aucune chance, aujourd'hui, d'obtenir un poste ou une fonction. Les vrais croyants, ceux qui donnaient autrefois le ton parmi les chrétiens, idéalistes vivant dans la stricte observance de leur doctrine de résipiscence et d'abjuration du monde, prêts à se laisser jeter aux fauves au nom de leurs convictions religieuses, ceux-là ont toujours su m'inspirer un certain respect. Mais les nouveaux puissants d'aujourd'hui – ou ceux qui aspirent à le devenir –, qui se font baptiser pour servir leurs ambitions ou qui, issus d'une famille chrétienne, sont passés maîtres dans l'art de laisser la main gauche ignorer ce que fait la main droite ; qui repoussent et punissent les mécréants avec la même sécheresse de cœur mesquine que les persécuteurs des chrétiens dans le passé et qui ont toujours à la bouche leur condition d'élus, ceux-là me remplissent de stupéfaction et d'horreur. Dix ans plus tôt, j'aurais encore ri de l'hypocrisie et des prétentions de certains personnages, bien qu'ils eussent déjà fait de moi leur victime. Mais l'amusement que me procurait ma "vaste expérience du monde" s'est transformé en consternation le jour où j'ai appris que notre sérénissime empereur Honorius avait fait abattre comme un chien, sur les marches de l'autel chrétien de la basilique de Ravenne, son premier conseiller et bras droit, le défenseur de l'Empire, la dernière sentinelle entre Rome et les Barbares, son beau-père Stilicho. Les évêques ont-ils protesté ? Les dévots qui, mus par une sainte indignation, ne cessaient de dénoncer les scandaleux abus de Constantinople ont-ils seulement laissé échapper un seul cri d'horreur ? On a épongé le sang ; de son côté, le Sénat s'est donné le plus grand mal pour rendre plausible l'accusation de trahison portée contre Stilicho, puis on est passé à l'ordre du jour : un nouveau meurtre, pour plus de sûreté, sur la personne du fils unique de Stilicho.

Le dos contre le mur chaud, je continuai à contempler les mouvements de la foule qui se pressait sur la route et entre ceux des monuments et des édifices qui n'ont pas été déclarés contaminés par leur passé prétendu païen. "Munera ! Munera !" J'ai souvent senti un froid glacial entre mes omoplates lorsque, pendant un combat de gladiateurs, un monstrueux silence de mort s'emparait de l'arène, juste avant que le coup de grâce fût donné. Des dizaines de milliers de personnes retenaient leur souffle et tendaient le cou, tandis que lentement, dans le sable souillé et labouré se formait la dernière tache de sang. Une angoisse et une passion, plus anciennes que nos plus anciens souvenirs, planaient sur tout l'amphithéâtre. Une victime sacrificielle de plus, devant une tombe ouverte, un écot supplémentaire, payé aux puissances des ténèbres que l'on ne veut pas nommer ; fini, n'en parlons plus. Les autorités ont interdit les effusions de sang comme forme de divertissement populaire, mais leur foi promet le salut par la contemplation intérieure continue du sang et de la souffrance d'une authentique victime. Je me demande parfois ce qui pousse la plupart des chrétiens à pratiquer leur culte : est-ce l'égalité des âmes devant Dieu qu'a prêchée leur prophète solitaire ou la trouble attirance du martyre ? Aucun être aujourd'hui en vie ne peut plus s'en souvenir, tant de générations ont passé, il y a plus de cent ans que pour la dernière fois des chrétiens ont été mis à mort à cause de leurs convictions – mais tous ceux d'entre nous qui avaient l'habitude, avant l'interdiction lancée par Honorius, d'assister à des combats de gladiateurs, connaissent par expérience l'atmosphère lourde d'agonie et de soif de sang dans laquelle communient, l'espace d'un instant, ceux qui vont mourir et ceux qui regardent mourir. Les dignitaires chrétiens de la cour qui, sur les ordres d'Honorius, ont massacré Stilicho tandis qu'il se cramponnait à l'autel du crucifié (c'est ce qui m'a été rapporté), n'étaient pas les simples exécuteurs froids et impersonnels d'une sentence, ils n'assouvissaient pas non plus comme des forcenés un besoin de vengeance mais offraient voluptueusement à Dieu un sacrifice défendu.

C'est à tout cela que je pensais, assis dans l'herbe brûlée par les ardents rayons du soleil ; si je fermais les yeux, je voyais une image plus horrible encore, celle que je ne connais pas seulement par ouï-dire, comme la fin de Stilicho, mais que j'ai vue de mes propres yeux : la tête tranchée de son épouse Serena, ma fière amie, rivée aux murs de la ville pour défier et intimider les assiégeants goths. Du temps de l'ancienne république, on y suspendait chaque année la tête d'un cheval immolé pour conjurer le malheur. Les bourreaux de Serena ne savaient pas ce qu'ils faisaient même s'ils chargeaient des hérauts de crier sur les toits les raisons de cet acte stupide et cruel pour le justifier devant le peuple. Sous les remparts d'Aurélien, des soldats montaient la garde auprès du visage maculé de sang et devenu méconnaissable de Serena, bouche ouverte, yeux vitreux, cheveux encore partiellement tressés, pleins de sang coagulé. J'ai vu tout cela de l'endroit où je me trouvais, au milieu de la foule accourue. Provocation et déclaration d'indépendance à l'égard des Barbares que ce visage de femme dont ceux de leurs chefs qui ont mené les négociations avec Stilicho se souviendraient peut-être ? La tête d'une Méduse, aveugle et rigide, figure de proue d'une Rome qui se transformait irrévocablement ? Misérables restes fétides d'une victime immolée, dans un instant de panique, aux puissances destructrices ?

J'entendis des pas derrière le mur. La lourde treille bougea à quelques mètres de moi. Je compris qu'il y avait là une brèche. Deux hommes apparurent entre les vrilles, ou plutôt trois, car le premier portait un nain sur son dos. Une silhouette cauchemardesque vint à moi ; surmontant un corps vêtu de façon tapageuse, deux têtes, presque joue contre joue, l'une aux traits mous, agrémentée d'une barbe noire, en collier, soigneusement bouclée, l'autre toute ronde et grêlée. Suivit un malabar qui dut forcer pour franchir l'ouverture, à en croire le craquement des tiges, la pluie de feuilles et le nuage de poussière. J'aurais dû rester tranquillement à ma place, spectateur immobile, imperturbable, même quand des individus sans gêne menacent de trébucher sur ses jambes.

— Regarde où tu mets les pieds, dis-je à la double figure qui, d'un bond souple et rapide de côté, retrouvait son équilibre.

— Je n'ai pas besoin de toi pour me dicter ce que je dois faire. Je sais ce que je fais.

— Tu sais aussi qu'il est formellement interdit de circuler entre les temples ?

L'homme à la barbe plissa les yeux, le nabot au visage grêlé partit d'un rire énorme. Je montrai du doigt les passants :

— Tu changerais de ton s'il y avait des vigiles dans le coin.

— Là alors, tu te trompes, mon vieux. Nous et les autorités, on est comme larrons en foire.

(Cette fois c'était le myrmidon.)

— Boucle-la, allons plus loin, dit le gros qui formait l'arrière-garde.

L'idée que j'avais affaire à des provocateurs me poussa à insister davantage. Pourquoi n'ai-je pas écouté la voix de la sagesse ? Je ne pensais pas spécialement aux trognes des indicateurs de la police que j'ai vus autrefois entrer et sortir dans les locaux de la préfecture et dans la prison, à cette pègre qui, moyennant finances, portait de faux témoignages et m'avait suivi et espionné pendant des années comme je le découvris plus tard. J'attrapai le gros par un pan de sa tunique :

— Tu as crié "Munera !" quand l'empereur passait.

L'homme s'immobilisa et rentra la tête dans les épaules.

— Et quand ce serait vrai ?

— Pourquoi as-tu crié ?

— Si ça ne te plaît pas, t'as peut-être envie d'une châtaigne, t'as qu'à le dire.

Il retroussa ses manches, leva lentement le bras et serra le poing. Je montrai du doigt ses muscles noueux :

— Et autrefois, tu as combattu dans l'arène.

— De quoi tu te mêles, toi ?

(Mais je vis qu'il était flatté.)

— C'est moi qui ai crié, dit le nain, qui s'était laissé glisser le long du dos de son compagnon.

Il mit ses mains autour de sa bouche et produisit un son creux, ondulant, ouaté maintenant, mais incontestablement le même que celui qui avait semé la panique sur le passage du cortège.

— On vous paie pour faire ça ?

— Non, ça nous amuse, dit le nain.

Tous trois se mirent à rire. Le barbu s'accroupit à côté de moi et me regarda avec les yeux jaunes d'un chat.

— Tu poses trop de questions. Qui es-tu et que fais-tu toi-même ?

Il restait là, souriant, le regard en dessous, la bouche entrouverte. Ses lèvres étaient trop rouges, trop humides. Il m'écœurait plus encore que l'avorton ou la grosse brute noyée dans la graisse.

— Je vis de mes rentes, dis-je. Promeneur et spectateur à Rome. Pour le moment, je me repose, après la bousculade.

Le nain imita les mouvements prestes du voleur à la tire.

— Bien sûr, je comprends bien que l'émotion se soit emparée de toi, ou plutôt que toi, tu te sois emparé de certaines choses. Toi aussi, victime des nouvelles lois ?

— Moi aussi ? demandai-je en haussant les épaules.

J'ai appris à ne pas saisir immédiatement toutes les allusions.

— Nous sommes sans travail depuis les décrets sur les jeux, dit le barbu, sans se départir de son rire. Lui, là, il n'est plus bon à rien maintenant que les combats sont interdits, c'est tout ce qu'il savait faire.

Je reconnus soudain l'individu, sa barbe bleu-noir, comme peinte sur le menton et les mâchoires, son corps sans os, son regard clair, pareil aux yeux d'agate et de topaze que donnaient autrefois les artistes aux statues des dieux.

— Pylade, le mime ! Je t'ai encore vu en Bacchus. Mais il y a plus de dix ans de cela. De quoi vis-tu ?

— Ouille, ouille, ouille, Dionysos n'est pas mort, dit le nain qui s'était rapproché et se serra contre ses amis comme un bichon caressant.

— Ça veut sans doute dire que tu exploites un lupanar ?

— Si c'était vrai, est-ce qu'on dirait qu'on est sans travail ? ricana le nain.

Ces trois-là me sortaient par les yeux. Je voulais m'en débarrasser. Je me levai.

— Je vous salue.

Je n'avais pas fait trois pas que le nain saisit un pan de mes vêtements.

— On t'a mal jugé. Tu n'es pas de ceux qui ont les doigts crochus. Je te rends le capital dont tu tires tes rentes.

Sur la paume de sa main, il me tendit la pièce (subtilisée par lui dans l'intervalle) que la bienfaitrice m'avait donnée.

— Je vois que tu peux encore m'apprendre quelque chose.

— C'est vrai que ça serait dommage de ne pas faire plus ample connaissance, dit Pylade, tandis qu'il descendait le talus à mes côtés. Il faudrait que nous bavardions un jour, tous les deux.

— Je ne savais pas que nous avions des intérêts communs.

— Mais si. Le bon vieux temps.

Il fit claquer ses doigts par-dessus son épaule pour signaler aux autres de nous suivre. Nous étions maintenant sur la route pavée, parmi les flâneurs. Je voulais prendre la direction de la Subure, mais Pylade mit sa main sur mon bras :

— Laisse-moi t'offrir une coupe de vin, de l'autre côté, dans la popina* d'Apicius !

A ce moment-là, j'aurais dû refuser sèchement et aller mon chemin. Il m'inspirait du dégoût en même temps qu'une curiosité qui me contrariait et me mettait mal à l'aise. Il doit y avoir un lien entre son apparition soudaine, le cri de "Munera ! Munera !" et la seconde entrée d'Honorius. Hier, quelque chose d'important pour moi s'est produit ; j'ignore ce que c'est, si je dois m'en réjouir ou me méfier. Il y a du changement dans l'air, il s'agit maintenant d'interpréter les signes. Autrefois, dans la suite d'Honorius, j'ai dû assister, jour après jour, aux divertissements offerts par la ville à l'empereur en l'honneur de ses décennales et de son installation solennelle. La représentation donnée par ce même Pylade, qui avait le privilège d'être le Troisième d'une série d'homonymes célèbres, avait été annoncée comme l'un des temps forts des festivités et elle n'aurait pas manqué de l'être si l'exacerbation des passions qu'elle provoqua n'eût entraîné une commotion plus grande encore que le spectacle lui-même. Après un ballet effréné de bacchantes et de satyres, dans une mise en scène dispendieuse (étant donné les circonstances, gaspillage délirant), Pylade quittait d'un bond la litière, faite de pampres entrelacés, du dieu du vin, pour apparaître nu, à l'exception d'un pagne en peau de panthère, et couronné de grappes de raisin. Vu de loin, on eût dit, plus encore qu'aujourd'hui, un éphèbe, une créature sans âge : son corps frissonnait comme un arbrisseau dans le vent, certains de ses mouvements faisaient naître sur sa peau des scintillements qui suggéraient le jeu du soleil sur l'eau ou l'éclaboussement de lumière sur les feuilles agitées ; il sautait comme un cerf, rampait comme un fauve ou tourbillonnait et se balançait en des danses plus éhontées et licencieuses que celle des hétaïres de Syrie. La confusion ou la réprobation se lisaient sur le visage de bien des courtisans d'Honorius, qui n'avaient pas l'habitude d'assister, à Milan ou Ravenne, à de pareils spectacles ; la situation empira lorsque les bacchantes s'élancèrent en masse sur la scène en trépignant et, après s'être livrées à des jeux lascifs avec le dieu, se mirent à le lacérer frénétiquement. Pylade imitait le martyre d'une manière incomparable : secoué de spasmes voluptueux, tandis que le sang, provenant de vessies de porc habilement camouflées, ruisselait sur son visage et ses membres, il s'écroulait pour n'être plus qu'un amas de débris informes. Sur les bancs du haut, le public hurlait d'enthousiasme, les rangs des patriciens, situés plus bas, étaient parcourus de murmures et de frémissements d'une excitation encore contenue, on regardait la tribune occupée par Honorius et sa cour. L'empereur lui-même était visiblement impressionné (les eunuques de Constantinople qui l'ont élevé, lui et son frère, accordaient une grande attention à la formation artistique, et j'en ai moi-même tiré profit). De nombreux courtisans et hauts fonctionnaires montraient un visage impassible mais, bien entendu, personne n'avait le courage de manifester son mécontentement. Le numéro suivant était un combat de gladiateurs, tridents et filets contre épées et boucliers, l'une de ces exhibitions massives où vingt à trente couples de combattants luttaient en même temps dans l'arène, les deux derniers vainqueurs devant ensuite s'affronter jusqu'à ce qu'enfin il n'en restât plus qu'un. Les spectateurs, échauffés par le spectacle de Pylade, aiguillonnaient les adversaires, réclamaient du sang à cor et à cri : quand les premiers morts se furent écroulés, le public se déchaîna ; l'empereur lui-même dut se cramponner à la balustrade ; autour de lui et de sa cour, qui parvenait encore à observer le décorum, les dizaines de milliers hurlaient, s'excitant et s'entraînant les uns les autres dans un fatal maelström. Soudain, on s'aperçut que quelqu'un d'étranger au combat se trouvait dans l'arène. Il fallut quelques minutes aux gladiateurs pour prendre conscience de la présence de l'élément perturbateur. Ils commencèrent à hésiter. Quelques-uns baissèrent leurs armes, les lanceurs de filets se retirèrent et restèrent à une distance respectueuse. Le hourvari sur les tribunes s'atténua. L'intrus s'agita d'autant plus sur le sable, gesticulant, exhortant la foule, la voix brisée par l'émotion. Il était vêtu d'une bure, avait la peau tannée, l'air hagard et faisait penser à un ermite sorti tout droit du désert. Quelques bribes de sa harangue parvinrent jusqu'à l'endroit où je me trouvais ; sur les tribunes les plus éloignées, il était impossible de le comprendre, aussi le public recommença-t-il à s'agiter, de cette agitation malsaine causée par la brusque interruption de la tension qui, atteignant très vite son paroxysme, ne peut que dégénérer en menaces et en violences.

"Allez-y ! Battez-vous !" criaient maintenant les nobilissimi eux-mêmes, aux premiers rangs, tandis qu'en bas, l'homme tentait, les bras au ciel, dans un déluge de supplications, de pousser les gladiateurs vers la sortie. Moniteurs et gardiens accourus de toute part ne parvenaient ni à faire taire le moine qu'ils n'osaient emmener de force, ni à obtenir des lutteurs indécis la reprise des combats. Autour de l'empereur se bousculaient les courtisans de divers bords qui protestaient et argumentaient. C'était à qui crierait le plus fort. Je ne pouvais pas voir Honorius lui-même mais, par contre, je distinguais fort bien l'homme qui, penché sur lui, discourait en agitant avec virulence une longue main blême : le poète Prudentius, tout récemment converti au christianisme, crevant de zèle religieux et d'ambition. Chacun savait que l'empereur n'avait pas une très haute opinion du personnage ni de ses œuvres, mais aucun n'avait le courage de le tenir à l'écart parce qu'il était le protégé des évêques. Sur les sièges de marbre, derrière Honorius, se tenaient Stilicho et Serena. A mesure que Prudentius plaidait avec plus de véhémence pour une annulation immédiate de la représentation, les occupants de la loge impériale observaient Stilicho avec une attention soutenue. Au milieu des courtisans qui allaient et venaient en gesticulant, je réussissais, de temps à autre, à l'apercevoir : droit, impassible, parfaitement maître de lui, il attendait que l'on sollicitât son intervention, mais avec quelque chose dans son port de tête et dans la ligne tendue des épaules et du cou (je connaissais ses réactions) qui trahissait à quel point il se concentrait pour arrêter sa stratégie. Serena s'appuyait contre lui mais ils ne se parlaient pas. Elle aussi était vigilante, elle écoutait, sans laisser paraître la moindre émotion, mais je voyais les joyaux de son pendant d'oreille scintiller sur sa joue apparemment immobile. Cette fois-là, Stilicho s'est trompé ; en évaluant la situation, il n'a pas tenu compte des passions éveillées par le numéro de Pylade. Il escomptait que l'empereur finirait, comme d'habitude, par s'en remettre à lui du soin de prononcer les paroles libératrices, lui fournissant ainsi l'occasion de présenter, sous une forme légèrement amendée, plus diplomatique, la proposition de Prudentius. Cela se serait sûrement produit en d'autres circonstances. Mais maintenant, c'était trop tard. Je ne crois pas que Stilicho se soit vraiment rendu compte de ce qui se déroulait sur les tribunes, dans la foule en ébullition. Ce fut un de ces instants, comme il m'est souvent arrivé d'en vivre dans le passé, où la différence intrinsèque entre lui et les Romains de souche devenait perceptible. Il n'a pas compris ce que Prudentius en tout cas saisissait parfaitement, à savoir que le moine devait à tout prix, dans son propre intérêt, quitter l'arène le plus vite possible et que le seul moyen de parvenir à ce résultat c'était d'annuler sur-le-champ le numéro des gladiateurs. Stilicho n'avait aucune intuition de ce qui est trouble, équivoque ; cela lui a été fatal. Lorsque je revois cette journée du passé, il y a dix ans, j'ai la conviction d'avoir assisté là, dans ce théâtre, à l'événement qui marqua le tournant dans la carrière et le destin de Stilicho et ne fut pas moins décisif pour ma propre existence. Je me rappelle encore comment je me levai d'un bond avec les milliers de spectateurs lorsque, des galeries les plus élevées, une horde en délire dégringola le long des gradins, par-dessus balustrades et barrages pour s'abattre dans l'enceinte. A ma connaissance, il n'est encore jamais arrivé que des spectateurs interviennent effectivement quand quelque chose se produisait dans l'arène qui n'était pas de leur goût. L'inouï, l'imprévu de cette situation ne pouvaient manquer de faire naître l'angoisse. Les gladiateurs et les gardiens se retirèrent derrière les palissades destinées normalement à protéger le public contre les fauves qui pouvaient s'échapper. C'est seulement beaucoup plus tard que les soldats de la garde impériale réussirent à expulser la foule surexcitée, qui ne se lassait pas d'envoyer promener à coups de pied le cadavre mutilé à travers l'arène. Le théâtre se vida dans une confusion indescriptible. Honorius, pâle comme un linge, cherchant appui sur ses évêques, quitta sa loge en chancelant.

Le même jour, il donna l'ordre d'interdire définitivement les jeux et de proclamer martyr la malheureuse victime.

Tandis que je parcourais les rues derrière la basilica Aemilia aux côtés de Pylade, il me vint soudain à l'esprit qu'en sa personne c'était mon destin, tangible, qui m'accompagnait. Sa démarche dansante, l'afféterie du geste lorsque, d'un coup d'épaule, il resserrait sa chlamyde autour de lui m'irritaient au plus haut point. A chaque tournant, il ralentissait le pas, avec un geste de la main dans ma direction comme s'il eût été un hôte faisant le tour du propriétaire. Il ne me parlait pas, la bousculade dans la rue nous forçait sans cesse à nous écarter l'un de l'autre, nous séparait parfois de plusieurs mètres. Si je me retournais, je voyais le nain et l'ex-lutteur dans notre sillage. Je sais maintenant quels souvenirs, refoulés depuis plus de vingt ans, déterminent mon attitude à l'égard de Pylade. Quelque chose dans sa personne, son regard, ses mouvements et surtout l'aura qu'il devait à son métier de comédien, son aptitude à incarner l'ambigu, le pervers, éveillent en moi des choses que j'ai voulu oublier, le doute et la honte d'autrefois, ma vie à Alexandrie, sous le toit de mon bienfaiteur Olympiodorus. Lorsque je me laissai entraîner par Pylade vers ce débit de vin, je ne savais pas encore clairement à qui ni à quoi il me faisait penser ; à chaque pas je me sentais devenir plus réfractaire, j'avais besoin de secouer de moi ce qu'il y avait de trouble, d'équivoque, comme fait un cheval dont les flancs frissonnent pour chasser les mouches importunes. Sur le seuil du troquet d'Apicius, je le retins :

— Autrefois, j'ai admiré ton art, mais ce n'est pas une raison pour que nous allions boire ensemble.

— De quoi donc as-tu peur ? lança-t-il pardessus son épaule.

Bien que l'heure du déjeuner fût déjà passée, de nombreux clients étaient encore à table, ce qui n'avait rien d'étonnant vu l'affluence attirée par la venue d'Honorius. Je connaissais cette cave par ouï-dire. Le patron a mauvaise réputation. Il régnait dans la salle une demi-obscurité, comme dans une grotte ; au fond du local, une vapeur roussâtre s'élevait au-dessus d'une rangée de fourneaux portatifs au charbon de bois. Je m'installai en face de Pylade, à un bout de table encore libre. Le nain et le gros cherchèrent d'autres places. On nous passa des plats et du vin. J'avais peine à ne pas me jeter voracement sur ces morceaux de viande et de poisson ; je me dominais surtout parce que Pylade ne me quittait pas des yeux.

— Je ne comprends toujours pas ce qui me vaut l'honneur, dis-je en levant mon verre à sa santé.

Il se lécha soigneusement les babines, comme un gros chat.

— Je vois tout de suite… si quelqu'un est des nôtres.

Je contemplai ma coupe sans répondre.

— Ecoute, ne fais pas semblant de ne pas me comprendre. Tu es des nôtres, tu pratiques encore les anciens rites, ne me dis pas que tu n'appartiens pas pour le moins au Liber Pater, au dieu qui s'offre librement, dans la joie...

Sur ces mots, il poussa sa coupe contre la mienne et le vin gicla sur la table. Bien que rien ne permît de déceler le moindre changement dans notre entourage, on eût dit que la rumeur s'était atténuée, comme si quelqu'un nous écoutait, nous observait à la dérobée.

Je levai mon verre et bus une nouvelle gorgée.

— Pour moi, Bacchus ne sera jamais rien d'autre que *ça*, dis-je, mais ce n'est pas négligeable quand il s'agit d'un vin honnête.

— Ici, tout le monde est du bon bord.

Pylade s'impatientait.

— Tu n'as pas besoin de chercher des détours.

— Je ne cherche pas à biaiser. Je dis ce que je pense.

— Tu n'es tout de même pas un adepte de... ça, dit-il, tandis que, de son doigt trempé dans le vin, il traçait une croix sur la table.

Je fis non de la tête.

— Bon alors ? insista-t-il, soudain agressif. Isis ? Mithras ? La Déesse Syrienne ? Dis-le. Tu te dégonfles, hein !

— Je ne suis rien, dis-je en haussant les épaules.

— Philosophe ?

— Tu me flattes.

— Et la mort, la résurrection, l'immortalité ?

— Je n'y connais rien.

Il portait maintenant le masque de la hargne, ses yeux flamboyaient d'hostilité.

— Je maudis ton espèce, cet orgueil, ce petit sourire supérieur. Ils n'ont pas besoin de mystère, ces gens-là, oh non ! Une explication rationnelle pour chaque secret et ce qu'on ne peut expliquer n'existe pas. Sourd et aveugle, c'est comme ça que tu vis. Tu passes à côté d'un tas de choses passionnantes sans même t'en rendre compte.

— Je t'en prie, épargne ta peine. Les mystères et les secrets de ce qu'on appelle la quotidienneté me suffisent amplement et même si une initiation m'en donnait le pouvoir, je n'aurais pas envie de les résoudre tous.

Pylade changea de batteries.

— Je ne t'ai pas demandé ton nom. Quelque chose me dit que, dans ton cas, il importe peu de savoir comment tu te fais appeler habituellement. Mais ne me raconte pas d'histoires. Même si tu te promènes en guenilles, tu es un lettré, tu es de haute naissance, j'ai le coup d'œil pour ce genre de choses.

Je haussai les épaules.

— C'est sans importance, mon ami.

— Ah, tu crois ça ?

Je n'aimais pas ce regard qui me jaugeait, retors, plein de secrète satisfaction. L'envie me prit de me sauver, de quitter le banc en crabe, à toute vitesse et de disparaître en direction des dédales de mon quartier, loin de Pylade, vers la sécurité de mon repaire, dans l'insula Julia. Avec le flair infaillible du mime, il avait dû lire mes intentions ; avant même que j'eusse pu bouger, il posa la main sur mon bras :

— Un seul mot, un seul geste de ma part et tu disparaîtras vite et sans bruit dans les égouts de la ville, comme un importun qui nie l'existence des mystères, un potentiel espion des autorités, peut-être.

— Au fait, qu'est-ce que tu me veux ? Dans mon quartier, on m'appelle quelquefois Pro Se parce que je ne me mêle jamais des affaires des autres. Je suis un clerc dévoyé. Bien avant l'invasion wisigothe, j'ai perdu mon poste et mes amis. De temps en temps, je gagne quelques deniers en donnant des leçons et en rédigeant des lettres et des requêtes. C'est tout ce qu'on peut apprendre sur mon compte.

Pylade tâta ma toge usée jusqu'à la corde et secoua la tête en souriant.

— Tu ne te mêles de rien ni de personne. Ça ne t'empêche pas de t'estimer tout désigné pour attirer notre attention, à mes amis et à moi, sur le fait que nous avons commis une légère infraction ? Tu aurais été mieux avisé en ne nous voyant pas, tout à l'heure, quand nous sommes sortis du mur.

J'aurais pu répondre que la manière dont ils avaient quitté le terrain interdit en débouchant sur la voie publique n'était pas spécialement discrète et qu'en outre ils s'étaient rendus plus visibles en trébuchant sur mes jambes. Si le cri "Des jeux ! Des jeux !" n'avait pas déclenché tous ces troubles autour de l'entrée d'Honorius, je ne me serais pas préoccupé de savoir si quelqu'un se faufilait à travers le mur du temple. Je voulais m'en aller. Pylade n'était pour moi qu'un signe, un fil de la trame de ma vie, qui m'apparaissait soudain, rien de plus qu'un point à partir duquel je pourrais peut-être découvrir la nature et le sens d'autres éléments encore partiellement ou totalement cachés de ce qui formait la texture même de mon moi secret. J'estimais que nous n'avions rien à nous dire et souhaitais rompre tout contact avec lui. Pour percer à jour le sens de cette rencontre éphémère, précisément ce jour-là, dans ces circonstances, je n'avais besoin ni de lui, ni du disciple et demi qui l'accompagnait, me disais-je.

Je sais maintenant à qui il me fait penser, bien qu'il n'y ait aucune ressemblance physique : au confident d'Olympiodorus, à cet esclave venu de Syrie ou de Perse, qui avait pour tâche de préparer les jeunes garçons là-bas, dans la maison, à ce que l'on attendait d'eux et de leur faire entendre raison quand ils regimbaient. Pareil à un Hermès Psychopompe énigmatique et taciturne, il conduisait les favoris de son maître à travers le labyrinthe de cette demeure d'Alexandrie. Les connaisseurs disaient qu'elle méritait une place parmi les merveilles du monde. Les sols de marbre noir, les colonnes de porphyre et de basalte, à chaque détour, une échappée sur les jardins entourés de clôtures ou sur le rectangle miroitant d'un bassin, alternaient avec des espaces noyés dans la pénombre où l'on marchait sur de douces peaux de panthères en respirant une odeur indéfinissable d'encens et d'épices. Les galeries étaient peuplées de dieux et d'athlètes, perfection figée. Les seules formes féminines offertes à l'admiration des occupants étaient les seins des sphinx et des harpies, grandeur nature de chaque côté de toutes les portes, et en miniature, comme motifs décoratifs, partout sur les meubles et les objets utilitaires. Partout, toujours s'imposaient à nos regards des monstres féminins ailés, pourvus d'ongles cruels et de queues squamifères et qui se succédaient à l'infini sur les peintures murales. Les statues masculines, en marbre – même un Antinoüs, un Narcisse –, presque des hermaphrodites, incarnaient le monde diurne d'harmonie et de lumière, mais les créatures oniriques à mamelles, figurations de l'insolite, de l'impossible, relevaient des troubles secrets de la nuit, des expériences de volupté et de tourments. Olympiodorus confiait ses protégés aux meilleures écoles et aux meilleurs précepteurs d'Alexandrie pour faire d'eux, conformément à l'idéal grec de connaissance et de beauté, de jeunes philosophes et des athlètes, mais attendait d'eux, entre le coucher et le lever du soleil, la complicité aux étranges rituels qu'inventait pour lui son esclave. J'arrachai mon manteau des doigts de Pylade. Mais naturellement, je restai assis. Je laissai passer l'heure à laquelle je rejoins normalement mon coin habituel dans les bains publics pour servir d'encyclopédie vivante à mes incultes voisins. Un peu ivre, plein de répugnance pour moi-même, pour Pylade et le tripot où nous nous trouvions, j'évoquais, avec la mélancolie de celui qui s'est fourvoyé, mon banc dans le tepidarium*, le marchand du quartier que j'avais promis d'aider à faire son inventaire, les habitants de l'insula Cornelia, pour qui je devais rédiger une lettre de protestation, toutes les personnes connues qui s'adossaient en ce moment aux murs carrelés, couverts de buée. Pylade tenta encore de m'intimider de diverses manières, petit jeu qui ne trompait personne et n'avait visiblement d'autre but que de mettre au jour mes points faibles. Je ne m'y laissai pas prendre ; d'ailleurs, je ne comprenais pas à quoi il voulait en venir ; ses allusions et ses questions m'ennuyaient. Je buvais machinalement, et me représentais comment, au même moment, dans les salles restaurées et nettoyées en hâte du mont Palatin, Honorius jouait à l'empereur, agitant avec condescendance, comme toujours, sa main lourdement baguée, engoncé dans sa toge resplendissante de broderies, qu'il sait draper de telle sorte qu'elle dissimule à la vue son maigre corps infantile. On prétend qu'en dépit des évêques, il exige plus que jamais un cérémonial pareil à celui qui est en usage à Constantinople. Autrefois, quand je lui faisais la lecture, je devais souvent me tenir debout près de lui, je n'étais rien de plus pour lui qu'une machine à fabriquer et à réciter des vers, qu'il pouvait mettre en route et arrêter d'un geste de la main ; on prétendait qu'il estimait hautement mon travail, mais il ne m'adressait jamais la parole, me regardait sans me voir. Je ne l'en observais que mieux : ses cheveux, plaqués en boucles symétriques sur son crâne, son profil hautain, flavescent. Pour savoir comment réagir, il jetait, à tous moments, un bref coup d'œil dans la direction de Stilicho. Celui-ci savait, comme toujours, garder le juste milieu, tantôt approuvant mes envolées lyriques d'un hochement de tête accompagné d'un sourire légèrement ironique, comme pour ramener les choses à leurs véritables proportions sans marchander sur la valeur expressive et la mélodie, tantôt donnant du poids au contenu d'actualité d'un vers par un raidissement solennel, à peine perceptible, du visage et du corps. Je n'ai jamais cru à la sagacité ni au goût de Stilicho en matière de littérature ; mais personne ne m'a jamais, autant que lui, donné l'occasion de développer mes dons dans ce domaine (personne non plus n'en a autant tiré profit). La plupart du temps, pendant que je déclamais mes vers, il se tenait de l'autre côté de l'empereur, à la place qui lui revenait par sa dignité et son rang, pas trop près cependant, intentionnellement juste un peu en dehors des tapis étendus autour du siège impérial, sur le marbre brillant comme un miroir. N'est-ce pas une ironie du sort que moi, qui ai grossi les crimes commis par les ennemis d'Honorius en exploitant les artifices de la rhétorique, j'aie dû rester muet après le meurtre perpétré à Ravenne ; que moi, qui ai stigmatisé l'hypocrisie de Gildo, par exemple – qui empoisonnait ses adversaires venus, en convives, s'asseoir à sa table –, je n'aie pu noter d'infamie la traîtrise de l'empereur ; que moi, qui écrivis un jour un poème dans lequel le scélérat, Rufinus, aux enfers, devait rendre compte de ses crimes devant les mânes de ses victimes, je n'aie pu ouvrir la bouche pour accuser au nom de Stilicho et de Serena celui qui se promène aujourd'hui en grande pompe à travers Rome, dans son palanquin, l'Imperator, le Maître de l'Empire d'Occident, allié et ami des Goths et même apparenté par son mariage à ceux qui, dix ans plus tôt, s'étaient livrés aux pires excès, pillant et incendiant tout sur leur passage ?

— C'est un vieux, dit une voix de femme au-dessus de ma tête.

Le nain et l'ancien lutteur, sortis des profondeurs roussâtres de l'estaminet, apparaissaient en compagnie d'une ribaude qui s'appuyait maintenant à notre table. De longues mèches, teintes au henné, échappées d'un chignon en désordre, tombaient en boucles folles sur ses épaules, des plis de ses vêtements se dégageait une odeur d'huile de bain et de parfum bon marché.

— Fous le camp, Urbanilla, dit Pylade maussade. Personne ne t'a demandé de venir ici.

— Si, *ceux-là*, répondit la fille, désignant d'un coup d'épaule les comparses de Pylade.

Le nain grimpa sur le banc, à côté de Pylade ; pour tromper le monstre bicéphale qu'était redevenu le couple, je simulai l'ivresse, marmonnant des paroles inarticulées par-dessus ma coupe.

— Ça ne donne rien, hein ?

— Je ne sais pas encore si je peux compter sur lui.

— Ne perds pas ton temps, on voit du premier coup qu'il n'est bon à rien. Un de perdu, dix de retrouvés.

— Bien sûr, c'est aussi simple que ça, dit Pylade, sarcastique. Ne t'en mêle pas, laisse-moi faire, je ne me trompe pas.

Je jugeai que le moment était venu de quitter ma place en grognant des paroles inintelligibles. Le gros fit mine de se rapprocher de moi mais Pylade le retint. Je passai devant la fille qui me cracha au visage quelques insultes, poivrot, dégoûtant personnage. A vrai dire, je n'escomptais pas qu'ils me laisseraient partir. Après avoir parcouru la moitié de la rue, je fis semblant de buter sur les paniers d'un camelot pour pouvoir regarder derrière moi. Le trio avait déjà quitté la gargote. Ils me suivaient, mais ayant compris que j'errais sans but, ils me rejoignirent. Dans l'espoir de les semer, je choisis les rues et les venelles toujours aussi encombrées du quartier des Forums ; mais ils s'étaient accrochés à moi comme des sangsues, bien décidés à découvrir où j'habitais. Cela me rappela l'époque où, encore entouré de mes clients, je me promenais sur ces mêmes places et le long des mêmes escaliers, aux heures propices de la journée ; j'éclatai de rire, l'ancien gladiateur me donna une bourrade, Pylade constata sur un ton de mépris que je ne tenais pas le vin.

— Ne t'embarque pas là-dedans, reprit le nain.

Pour la énième fois, ils recommencèrent à se quereller. Ils parlaient de mon physique, de mon comportement. Selon Pylade, une fois rasé de près et convenablement vêtu, je pourrais faire l'affaire, après une brève période de rééducation touchant des habitudes que j'avais visiblement désapprises. Le nain en doutait, il essayait, avec une véhémence sous laquelle perçait la jalousie, de décider Pylade à m'abandonner à mon sort.

— Qui est-ce qui commande, ici, toi ou moi ? demanda Pylade, sur un ton glacial.

Je ne pouvais toujours que supputer la nature de leurs intentions à mon égard. Ils pensaient en tout cas que cela valait la peine de ne pas me perdre de vue. Je commençais à trouver le temps long, je me sentais à nouveau les idées aussi claires que le matin et cette compagnie m'importunait.

Comme une ombre entourée de larves, aux frontières de la mort, ainsi errai-je au cœur impérial de la Cité qui, chaque fois que j'y porte mes pas, m'apparaît d'année en année plus irréelle. Bien qu'il fît encore grand jour, le soleil était déjà à l'occident, allongeant l'ombre portée des colonnes. C'est l'heure à laquelle la Rome nouvelle, ou la non-Rome, je ne sais comment la nommer, se montre telle qu'elle est, dangereusement informe ; la foule ne se compose plus de personnes individuellement reconnaissables, avec leurs visages, leurs gestes bien à elles ; elle se meut comme un flot bourdonnant, une coulée de peinture mal étalée, entre les édifices qui, eux, dans la lumière jaune miel, semblent être faits de coquilles d'œufs, fragiles à l'extrême. On a l'impression qu'il suffirait d'un geste de la main pour balayer, comme l'on ferait d'une pellicule luisante, l'image de la réalité : derrière, le chaos, les ténèbres. D'aucuns persistent à croire que c'est l'occupation par les Goths qui a irrévocablement changé la face de Rome en l'espace d'une vie humaine. Quant à moi, j'essaie souvent de réduire le sentiment d'aliénation qui m'étreint à une illusion d'optique imputable à l'écoulement du temps, au bouleversement qui s'est produit dans ma destinée, il y a dix ans. Mais tout aussi souvent, je sais que rien de tout cela n'est vrai : les Goths ne sont pas responsables de cette métamorphose, le recul que l'on prend naturellement avec l'âge n'a rien de commun avec ce que j'éprouve et les événements qui ont si radicalement transformé ma vie ne sont pas la cause de la distorsion de ma vision mais plutôt la conséquence d'un processus déjà amorcé il y a vingt-cinq ans, lorsque je quittai Alexandrie pour venir à Rome. J'aurais pu en reconnaître les signes, si je l'avais voulu. La Rome que j'aimais, que je vénérais, il y avait longtemps, très longtemps déjà, qu'elle n'existait plus… si tant est qu'elle eût jamais existé. Peut-être ne vivait-elle que dans les rêves d'un Egyptien pénétré de culture grecque qui, sous les colonnades d'Alexandrie et dans les salles d'études, s'était fait une image idéale de la civilisation de son temps. Il me semblait que l'éclat en rejaillissait sur des êtres tels qu'Ammianus Marcellinus, Praetextatus, Symmachus, Rutilius Namatianus, Serena. Mais eux aussi vivaient déjà dans un autre monde que celui dont ils avaient adopté l'allure, le style. Lorsque je pense à eux, des incertitudes, des contradictions me reviennent en mémoire, qui ne m'ont pas frappé sur le moment, ou que j'ai perçues mais dont j'ai nié l'évidence. Au cours de ces années-là, j'ai ressenti avec une acuité croissante le malaise qui perturbait la vie et les ambitions de Stilicho, pourtant si délibérément orientées vers Rome. Il savait le bien-fondé de ce qu'il voulait faire, il savait aussi qu'il ne parviendrait jamais à ses fins, non pas par une carence de sa part, ni parce que d'autres contrariaient ses projets (bien que ce fût assurément le cas, plus qu'il ne le soupçonna jamais), mais parce que les rêves qu'il caressait, lui, et ses partisans avec lui, non plus que les moyens dont il disposait n'étaient à la mesure de cette pression indéfinissable mais clairement perceptible – du dehors comme du dedans, une avalanche de changements. Stilicho avait le courage de s'attaquer, avec un acharnement infatigable, à ce qui dépassait l'entendement et en bon stratège qu'il était, de changer de tactique aussi souvent qu'il le fallait. Il n'a pas pu ignorer que, ce faisant, il s'attirait des ennemis : on le disait versatile ou même déloyal. Une dégradation était en cours qui nous atteignait tous. Lorsque j'évoque les images de cette vie passée, je vois des scènes pareilles à celles que montrent certaines fresques partiellement oblitérées par le temps : un visage, un geste, les contours imprécis d'une silhouette, un groupe, des couleurs estompées qui suggèrent une plénitude initiale mais le tout rongé par la ruine, lézardé, s'effritant lentement. Hier encore, comme bien souvent, tandis que, suivant le mouvement de la foule, je flânais entre les édifices gouvernementaux, avec, sur les talons, les trois individus qui se donnaient des allures dc gardes, la conscience que mes vieux amis étaient morts et disparus m'a pris à la gorge ; je peux toucher les balustrades, les colonnes où ils ont posé la main, je reconnais à chaque pas un endroit où je suis passé avec eux. Malgré quelques vides laissés ici et là par les incendies, l'image globale de cet océan de maisons est restée à peu près la même et je sais encore où, me promenant et devisant, chaque fois ébloui comme au premier jour par la splendeur du spectacle, j'avais coutume d'attirer l'attention de mes compagnons sur le jeu de lumière et d'ombre au-dessus du viaduc. La toge de Pylade qui flottait devant mes yeux, les allées et venues du nain – ce gnome étrange – tantôt devant, tantôt derrière moi, l'irritation que me causait le poing du gros, toujours appuyé dans mon dos, tout, même ce qu'il y avait de plus palpable, les murs et les arbres, les gens auxquels je me heurtais et dont l'haleine m'effleurait au passage, tout me paraissait irréel. Autrefois, il m'était arrivé de voir s'élever ici un tourbillon de poussière blanche ou ocre et de m'imaginer, plissant les yeux sous l'effet de l'éblouissante lumière, qu'un cortège d'ombres défilait à travers la foule des vivants… Me voici aujourd'hui l'un de ces fantômes.

De hautes silhouettes blanches hérissaient de toutes parts le Forum de Trajan où nous nous trouvions à présent et que j'ai fui comme la peste pendant des années. Les voilà donc, les deux fois morts, avec leurs trognes de marbre, dans leurs toges de marbre, figés dans la pose de l'orateur ou dans des gestes héroïques, brandissant le rouleau ou le bâton de commandement. La rage me prit soudain devant cette grotesque et impuissante cohorte d'immortels, nombre d'entre eux sans tête, sans bras depuis le passage des Goths, certains précipités de leur piédestal, attendant réparation pour se retrouver sur leurs pieds. Je connais le chemin entre les héros et les maîtres. Un plaisir morbide me fit aller droit à un certain socle, pour voir un visage qui ne ressemble plus à rien, pour lire une inscription que je connais par cœur.

— Les Goths t'ont oublié, dis-je à la statue, surpris moi-même de constater que ce n'était pas seulement pour rendre mon rôle d'ivrogne plus crédible.

Je vis que certaines pierres du socle avaient disparu ; avant longtemps, personne ne pourra plus lire en l'honneur de qui les augustes, bienheureux et savantissimes empereurs Honorius et Arcadius ont fait ériger, il y a quinze ans, ce fantoche de marbre blanc.

— Pfft… ! Même pas grandeur nature, il n'y a jamais eu d'or ni de bronze là-dessus, commenta le nain sur un ton de mépris, pas davantage d'yeux incrustés. Les Barbares se seraient d'ailleurs empressés de les faucher…

J'avançai la main vers la tête couronnée de lauriers :

— Non, aveugle, tu l'étais déjà avant, plus petit qu'un homme de chair et d'os, tout élégance et tout raffinement, mais à l'échelle réduite. Poétereau, orateur au petit pied, panégyriste à la petite semaine…

Pylade, qui attendait d'un air hargneux, tourna la tête et se dirigea vers nous :

— Ça va encore durer longtemps, cette comédie ? Je n'ai pas envie de m'éterniser ici.

— Il est en train de lancer des vannes à cette statue.

— Balcho, empoigne-le par le bras, porte-le au besoin, mais viens avec moi.

— Où ça ?

L'ancien lutteur n'osait pas contredire Pylade, mais il en avait assez ; depuis un bon moment déjà il rongeait son frein en silence. Le nain saisit l'occasion de se débarrasser de moi :

— Laisse-le ici. Qu'est-ce que tu veux en faire !

Le visage de Pylade se raidit sous la colère.

Pour plus de sûreté, j'entourai de mes bras les plis de marbre où s'étaient insinués la poussière et quantité d'insectes morts et je continuai à monologuer, par instinct de conservation d'abord, mais aussi pour le plaisir de penser tout haut :

— … Tribun et secrétaire… joyau des lettres… On va même jusqu'à invoquer l'esprit qui animait Homère, la muse de Virgile… C'est le moins qu'on puisse faire. Ad memoriam sempiternam*, rien que ça. Praegloriosissimo poetarum*, n'est-ce pas faire trop d'honneur à un lettré de talent ? Ta pose me dégoûte. Ta tête me déplaît.

Dans l'intervalle, un attroupement s'était formé, des flâneurs, un petit cortège qui incluait même une litière.

— Il est soûl comme une bourrique ! s'écria le nain, s'assignant aussitôt le rôle de meneur, avec un clin d'œil complice du côté de Pylade.

C'est alors que le gros qui, exaspéré et ne sachant quel parti prendre, s'était tenu un bon moment derrière moi se baissa, dégagea avec force l'un des blocs du dallage fissuré et le lança à toute volée contre le visage de marbre de la statue. Il n'en resta pas grand-chose.

— Ben, maintenant, te voilà servi, il ne te tapera plus sur les nerfs, celui-là.

La foule avait, semblait-il, attendu ce geste pour se déchaîner. Du public qui ne cessait d'affluer, s'envolèrent soudain des débris divers, des mottes de terre, des fruits entamés ; de toutes parts accouraient des gens qui ne voulaient rien perdre de la bagarre. Il y en avait aussi qui commençaient à réclamer les vigiles à cor et à cri ; des remous du côté des arcades annoncèrent l'approche de ces représentants de l'ordre public. Cependant, lorsque Pylade, le nain sur le dos, entreprit, avec l'aide de l'ex-lutteur, de se frayer un passage à travers cette marée humaine, aucun de ceux qui criaient et accusaient ne fit le moindre effort pour l'en empêcher. Je pus tout juste apercevoir un instant le visage triomphant du nain par-dessus les têtes, puis je perdis de vue le trio. Je n'eus pas le temps de m'en amuser car je sentis quelqu'un s'emparer de moi en criant : "Il en faisait partie ! Il était dans le coup !" et me pousser dans la direction des vigiles. Un mouvement se fit du côté de la litière ; quelqu'un écarta le rideau et se pencha au-dehors :

— Arrêtez ! C'est une erreur ! Lâchez cet homme.

Maintenant que la litière était sortie de la cohue, je reconnaissais les signes du grand style : porteurs et escorte sobrement vêtus à l'ancienne, sans ornements, sans couleurs, l'homme dans la litière, droit sur son siège, une main posée, immobile, sur les plis qui couvraient son épaule gauche.

— Un cas flagrant de vandalisme…, commença l'un des gardes.

— C'est faux. Il fait partie de ma suite, c'est un de mes clients.

— Il y a des témoins. Nous sommes responsables. Par ordre du préfet, quiconque occasionne ici des dégradations doit…

Une main s'agita hors de la litière et, d'un geste bref, coupa court aux protestations :

— Les témoins ont mal vu. Je réponds de cette personne. Je connais le préfet. Je suis Marcus Anicius Rufus.

Dans la maison de Marcus Anicius Rufus, les lampes étaient déjà allumées. Un esclave m'invita à prendre place sur un banc, dans l'une des pièces attenante à l'atrium*. Au loin, il y avait une cour, et une odeur de plantes et de terre humides parvenait jusqu'à moi ; j'entendais le murmure de l'eau qui coulait dans la vasque d'une fontaine invisible. Contrairement à ce que font tant d'autres à présent, Marcus Anicius a eu le courage et le bon goût de ne pas camoufler les peintures murales – uniquement des scènes mythologiques – derrière une couche de lait de chaux. J'étais plongé dans la contemplation du rapt de Proserpine (la partie centrale, celle où le dieu des enfers emporte la jeune vierge, était dans la pièce où je me trouvais) lorsqu'il entra. Je me levai et le remerciai de son aide.

— Tout l'honneur et le plaisir sont pour moi. De ma litière, j'ai vu ce qui se passait. Ce n'est pas vous qui avez saccagé la statue.

— J'aurais pu le faire. J'en ai souvent eu envie. Cette statue est un échec à tous les points de vue.

Un esclave apporta du vin. Mon hôte emplit lui-même les coupes et m'en présenta une.

— Je sais qui vous êtes, dit-il soudain, une fois que nous fûmes seuls, en me regardant par-dessus sa coupe levée.

Je résolus de ne dire ni oui ni non et soutins son regard tandis que nous buvions. Il a passablement changé depuis la dernière fois que je l'ai vu, il y a de cela plus de vingt-cinq ans, dans la maison de ses proches parents, ceux qui me faisaient vivre. Le regard perçant, certes, et une bonne mémoire. Il sourit en reposant sa coupe.

— Vous avez raison de ne pas nier. Vous pouvez me faire confiance.

— Nous n'avons rien à faire l'un avec l'autre. Je n'ai pas sollicité la faveur que vous m'avez accordée. Je ne veux, en aucune manière, abuser de vos instants. Permettez que votre esclave me reconduise.

Un grand silence régnait dans la maison, exceptionnel à cette heure du jour. Je compris qu'il tenait à dessein sa famille et ses amis à distance. Quelqu'un avait fermé les portes coulissantes qui séparent l'atrium des autres pièces. A l'instant où je franchissais le seuil de la salle de réception, je me vis entouré par les compagnes de Proserpine qui, dans un mélange de tons ocre et roux, s'égaillaient, affolées, sur les murs. J'aperçus aussi, dans un coin, l'autel domestique.

— Restez encore, dit-il derrière moi. Ne voulez-vous pas sacrifier aux dieux en mémoire de mes cousins Olybrius et Probinus ?

— Je ne pratique pas cette forme de piété.

Tout en parlant, je me rendais compte à quel point le souvenir de ces morts avait pâli. Il passa devant moi et posa la main sur la demeure de pierre de ses lares.

— Pourtant vous honorez les anciens dieux tout comme moi ?

— Je n'honore pas les dieux.

Pour la première fois, je décelai un soupçon de méfiance dans le regard qu'il posa sur moi.

— Mais vous n'êtes pas chrétien ?

— Je ne suis pas chrétien.

— Stilicho était chrétien. Je me suis demandé comment il se pouvait que vous, avec vos idées...

— Vous ne connaissez pas mes idées.

— J'ai lu et relu vos poèmes, dit-il tranchant.

Je m'éloignai de lui. Tel qu'il se tenait là, près de son autel domestique, dans cette pièce aux lignes sobres, je l'aurais considéré, vingt ans plus tôt, comme le parangon de toutes les vertus de Rome, pilier de l'Etat, pater familias et protecteur des ombres de sa lignée qui se bousculaient, invisibles, derrière lui.

— Je suis un autre, dis-je, moins rétif maintenant, parce qu'il me faisait pitié.

Nous étions face à face, séparés seulement par le bassin peu profond de l'impluvium* – cela aurait aussi bien pu être un gouffre, ou le Styx infranchissable.

— Je suis un autre. Je n'écris pas de poèmes. Je ne le voudrais pas.

Il leva les bras au ciel, incrédule et stupéfait.

— Que voulez-vous donc ? Que vous est-il arrivé ? Que faites-vous ? Que croyez-vous ?

— Il faut que je m'en aille.

Le geste qu'il fit alors pour me barrer le passage me remit soudain en mémoire certaines manières d'Olybrius ; les minces flammes vacillèrent sur les lampes. Dans des appartements semblables, auprès de colonnes peintes, ornées de guirlandes, qui blondoyaient sous la même lumière chaude, j'ai plaisanté, il y a bien longtemps, avec ces deux blancs-becs, déjà nommés consuls à l'âge où de moins fortunés doivent faire feu des quatre fers pour décrocher une place de client dans une “grande” maison.

Olybrius dansant, couronné à l’antique, et Probinus, qui supportait mieux le vin que son frère, avaient coutume d’ouvrir devant moi les portes coulissantes comme celles-ci, pour m’entraîner vers leurs convives. Cette villa d’alors, pillée et incendiée plus tard par les Goths, était plus grande, l’une des plus belles de Rome : toute une série de salles et de galeries où le silence – que même la jovialité des frères ne parvenait jamais à rompre tout à fait – semblait guetter l’occasion de se retirer dans des lieux invisibles, autour de leur mère Proba, la chrétienne. Les effluves de sa dévotion filtraient par toutes les fentes ; tandis que les flûtistes se produisaient dans le tablinum, elle recevait les prêtres dans ses appartements ; le matin, son confesseur et ses dévotes amies, petit cortège étranger à ce monde, devaient se frayer un passage à travers la foule des clients qui attendaient ses fils.

— Vous êtes en difficulté.

— Non, si vous lâchez ma toge.

— Je n’en crois pas mes yeux ni mes oreilles. C’est déshonorant pour Rome, pour vos anciens amis. Vous émergez du royaume des ombres, un mort vivant, en rupture de ban…

Est-ce l’éclat des lampes, l’entourage – pour la première fois, un autre intérieur que celui du galetas nauséabond où j’avais trouvé refuge –, est-ce la ressemblance avec Olybrius et Probinus, ou bien la vue des personnages peints sur les murs qui me poussa à me dépouiller de ma réserve, à céder à la tentation d'être de nouveau, pour un instant, celui que j'avais été ? Par l'entrebâillement de la porte, je pouvais voir, droit devant moi, dans l'antichambre, la noire figure de Pluton, Seigneur du royaume des ombres. Je prononçai à haute voix les paroles fières et consolatrices qu'autrefois, dans un poème, j'avais mises dans la bouche du dieu, à l'intention de la victime du rapt, qu'il tenait dans ses bras et qui détournait de lui son visage :

> *Ne crois pas qu'ici règnent les ténèbres. Un autre astre brille, une autre lumière, dans un autre monde, sur d'autres êtres...*

Marcus Anicius me pressa contre son épaule, comme pour saluer un parent retrouvé.

— Permettez-moi de vous aider. Dans ma maison, votre sécurité est pleinement assurée.

— Rien ne menace davantage votre sécurité que la présence de celui à qui sont interdits, par sentence, le feu et l'eau.

Je lus dans son regard et dans les sillons têtus qui se creusaient aux coins de ses lèvres que rien de ce que je pourrais dire ne parviendrait à le faire changer d'avis. M'obstiner sans égards pour lui, fuir, que pouvais-je faire d'autre ? Je maudis ma faiblesse passagère. Je répétai qu'il se trompait, que, contrairement au proscrit qui se morfond dans les enfers, je vivais à ma guise, que je n'avais pas besoin de mendier ni de voler, que je pouvais me rendre utile. Qui pouvait se vanter d'être plus libre que moi ? Il resta sourd à mes propos et continua de fixer sur moi un regard où se lisaient la perplexité et l'irritation.

— Vous vous accommodez d'une existence qui offense la dignité humaine.

— Ne pas courber l'échine devant les caprices du destin lorsqu'il s'agit de questions vitales, voilà ce qui s'appelle appartenir au genre humain.

— Vous citez Sénèque. Vous savez mieux que moi qu'il condamne l'isolement, qu'il conseille à chacun de mettre tous les moyens dont il dispose au service de la cause publique. Je n'ai pas besoin de vous rappeler ce qu'il écrit dans *De la fermeté d'esprit* : "Servir ses amis, ses proches, ses concitoyens, toute l'humanité." Voilà, je crois, ce qu'il écrit. Qu'un homme de votre trempe n'use pas de ses dons remarquables – ce qui revient pour moi à en mésuser –, au moment même où il est plus que jamais nécessaire de défendre les valeurs et les principes de nos pères... Vous n'êtes pourtant ni sourd ni aveugle. Vous ne pouvez pas ne pas vous apercevoir que l'on est en train de transformer radicalement l'esprit de Rome. Ils ne manquent pourtant pas, ceux qui sont prêts à faire l'impossible pour redresser la situation et maintenir vivant l'idéal d'un équilibre entre la raison, le sens du devoir et les grandes visées. Nous avons besoin de vous !

Voilà qui m'est familier. Le jeune client d'Olybrius et de Probinus, débarquant tout juste d'Alexandrie, tremblait d'émotion et d'orgueil lorsque l'un des puissants Anicii vint à lui, lui donna une tape amicale sur l'épaule et lui confia, au nom des patriciens de Rome, l'honorable tâche de composer un hymne pour solenniser l'élection au consulat de ses deux cousins. Il ne demandait pas mieux, Claudius Claudianus, ce Romain de fraîche date ; avant même que l'autre eût fini de parler, il entendait déjà les vers résonner dans sa tête, un flot de mots se déchaînait, aussi indomptable que le Nil en crue. Je n'ai pas lésiné sur les compliments à l'adresse de ces jeunes consuls nouvellement élus, mes disciples, à qui je devais apprendre les principes de la rhétorique et apporter une teinture de connaissances littéraires, à l'adresse aussi de toute l'aristocratie romaine derrière eux, qui, dans l'hommage impérial rendu à la classe des sénateurs, croyait voir une traite sur l'avenir. J'ai loué très haut leurs vertus ; lorsqu'ils ont sollicité les faveurs de l'empereur, j'ai appuyé leurs demandes d'un déluge d'arguments historiques et mythologiques – mais le véritable objet de mon amour et de ma vénération, c'était Rome, Cité et Empire, légende et réalité, monde éblouissant de pensées et d'actions sublimes qui animait ma plume et plus tard, au cours de la lecture solennelle devant le Sénat, donna du volume à ma voix :

— Rome, déesse et amie, mère des lois, dont la souveraineté représente le Ciel sur la Terre…

Un mort vivant, c'est ainsi qu'il m'a appelé tout à l'heure, Marcus Anicius, lorsque j'étais près de lui dans son atrium. Lui-même avait l'air d'un défunt, enfermé dans la pénombre du tombeau. Seule la nécromancie peut redonner corps aux rêves et aux exploits qui ont marqué des siècles à jamais disparus. Je ne sais si je dois rire ou pleurer en songeant à cet homme intègre qui vit encore à l'époque de la République, qui fréquente Caton, Brutus et Cicéron, veille pieusement sur ses lares et ses pénates. "Nous avons besoin de vous !" Pourquoi ? Pour détrôner Honorius, chasser les évêques ? Pour rétablir, au mépris de la soif de salut et de la mystique du martyre, la sobriété et la maîtrise de soi qui n'étaient déjà plus capables, il y a quatre cents ans, d'inspirer le citoyen moyen de Rome ? Tandis que je le regardais, j'éprouvai soudain l'amer sentiment d'être en partie responsable de son état d'esprit. Rien n'effacera jamais les paroles tracées un jour noir sur blanc, par lesquelles j'ai situé l'image idéale de la Pax Romana dans le prolongement de la pensée romaine qui les anime, lui et ses pairs : "Rome est une mère, elle ne décrète pas. A ceux qu'elle a soumis, elle accorde le droit de s'appeler ses citoyens ; son amour éclairé englobe jusqu'aux coins les plus reculés de la Terre. Grâce à la paix qu'elle répand, tout étranger trouve une patrie. Nous pouvons voyager sans crainte : c'est aujourd'hui un jeu d'enfant que de se rendre à Thulé, de pénétrer dans des régions perdues, de boire l'eau du Rhône aussi bien que de l'Oronte. Seule Rome a su faire de tous les peuples un peuple unique, elle qui presse les vaincus contre son sein et rassemble l'humanité sous un seul nom..." Quelle envolée ! Des larmes d'émotion jaillirent de mes yeux, à l'époque, lorsque je déclamai ces paroles au cours du panégyrique que je fis de Stilicho à l'occasion de son premier consulat. Je voyais, je sentais l'auguste présence de Rome, la Cité-Mère ; par-delà les têtes des sénateurs et des courtisans, derrière les colonnes des portiques, je distinguais l'océan de marbre, la Cité qui était sa couronne et au loin, encadrant cet ébouissant tableau, les Monts Albains embrumés par les grandes chaleurs. Depuis, je la vois tout autre, cette déesse et amie : tantôt elle m'apparaît comme une princesse défunte, exposée sur son lit de parade, dégageant une odeur de décomposition qui perce même à travers les baumes et les bandelettes, grouillant de vers sous ses bijoux ; tantôt comme une vieille maquerelle flétrie et parée comme une châsse, qu'une peur bleue pousse à accueillir jusqu'aux pires crapules et qui dissipe ses gains en amulettes et au jeu de cartes.

Comme si j'avais pensé tout haut, Marcus Anicius s'exclama :

— Dans quel monde vivons-nous ? Que se passe-t-il ?

— Ordre et raison comme garants de la paix sur terre, ce sont des mots qui ne parlent plus à l'imagination, dis-je en haussant les épaules. Cette possibilité a été rejetée.

— Les Barbares et l'Eglise mènent Rome à sa perte. Nous deviendrons des Barbares pour nous soustraire aux exigences de sagesse et de responsabilité et nous deviendrons des chrétiens pour pouvoir, malgré cela, croire au salut éternel.

— Barbares, chrétiens… que signifient ces mots ? Il y a ici des Gaulois et des Celtes qui sont plus civilisés, au sens grec, que nous ne le fûmes jamais. Que dire de ces sectes chrétiennes, qui se livrent un combat sans merci à propos de la Sainte Trinité et de la Transsubstantiation et préfèrent conclure une alliance monstrueuse avec les pires païens plutôt que de tendre la main à ceux qu'ils appellent les apostats et les hérétiques ? Faut-il voir en elles les dignes successeurs du Galiléen ? L'Eglise qui se dit catholique se sent bien davantage appelée à exercer le pouvoir temporel qu'à apporter le salut. Ces prétendus Barbares n'aspirent qu'à une chose : vivre comme le font les Romains. Et nous, vous et moi, que sommes-nous ? Les héritiers impuissants de ce qui fut grand autrefois, dans sa lucidité et son efficacité, mais qui nous écrase aujourd'hui sous le poids de vains formalismes, d'un pompeux chaos. Ceux qui sont plus forts et plus ambitieux que nous, ceux-là nous délivreront de ce fardeau…

— Alors, faisons quelque chose !

Il se mit à aller et venir sous la double rangée de colonnes élancées qui longeait le bassin.

— Pendant un instant, j'ai été pris de doutes. Vous avez tellement changé physiquement. Mais le langage ne ment pas. Le don d'éloquence ne vous a pas abandonné. Ecoutez-moi, au nom de l'amitié qu'éprouvaient pour vous mes deux cousins.

— Une amitié qui n'a pas résisté à certains bruits. Ils n'ont pas voulu être mes amis au moment où leur amitié m'était le plus nécessaire. Réfléchissez, Marcus Anicius, puisque vous avez si bonne mémoire : éloquent ou non, je n'ai plus de voix, je ne suis même pas de ceux à qui on adresse la parole…

Sans lever les yeux vers moi, il dit :

— Je ne sais plus que faire. Je n'ai jamais attaché d'importance à la rumeur publique. Un homme d'honneur se base sur ce qu'il voit et ce qui lui arrive.

Je contemplais son reflet dans l'eau peu profonde.

— Dans le temps, vous avez été mis à l'écart, exclu de la vie publique par un jugement inique, une perfidie du préfet. Votre nom est devenu celui d'un mort. Et vous vous résignez à l'oubli ? s'écria-t-il, s'emportant à nouveau. Vous tolérez de vivre sans nom au milieu de créatures sans nom. Moi, je ne peux pas. Il n'y a qu'une différence de degré entre votre sort et le mien. Je peux, il est vrai, continuer à aller et venir où bon me semble, à disposer de mes biens, à porter mon nom le front haut. Mais vous n'ignorez pas, bien sûr, que je ne suis plus sénateur ? On ne m'a pas dépossédé de mon titre, mais depuis que les règlements sont devenus plus sévères, les sénateurs qui n'adhèrent pas à l'Eglise d'Etat ne sont plus, du même coup, admis aux séances. Je vois mes vieux amis se retirer à la campagne ou mourir l'un après l'autre. Je n'ai plus aucun contact avec le monde officiel, celui que l'on est aujourd'hui convenu d'appeler "le monde". Dois-je alors me réfugier dans la philosophie ? J'ai toujours aimé les écrivains pour le contenu historique dont ils enrichissent notre réalité quotidienne, pour le sens qu'ils donnent à nos ambitions, à nos actes. Je suis un homme d'action ; l'isolement, la contemplation ne sont pas dans ma nature. Que n'ai-je, comme vous, le don de persuader, de trouver les mots aptes à forcer l'attention de ceux des contemporains qui partagent mes idées… Refuserez-vous de me prêter votre voix ? me demanda-t-il sur un ton qui s'était fait suppliant, en même temps qu'il se rapprochait de moi.

Je mis mon index sur mes lèvres et fis un geste de dénégation, lui signifiant ainsi que j'étais muet au sens où il l'entendait.

— Peut-être est-ce une bonne chose, après tout, que votre statue soit détruite, dit-il, amer. Vous rejetez l'occasion de vous réhabiliter. Oui, de vous réhabiliter ; car c'est vous qui, aux yeux des Romains, avez donné de l'éclat aux faits et gestes de l'homme auquel nous devons cette misère, Stilicho, qui a d'abord fait le jeu des prêtres et ensuite voulu vendre l'Empire aux Barbares…

— Et tu, Brute ? dis-je, soudain conscient du fait que Marcus Anicius Rufus était, lui aussi, au nombre des sénateurs qui, réunis en séance extraordinaire, avaient décidé de faire assassiner Stilicho. Ce que vous dites là est un mensonge et vous le savez. Si plus tard, un homme se souvient jamais du règne de cet Honorius, qui revient aujourd'hui parader au son des trompettes, dans les effluves capiteux de l'encens, c'est, croyez-moi, aux années de régence de Stilicho qu'il pensera.

— Vous le défendez encore ? Vous avez mis votre muse à son service, vous avez chanté ses campagnes, défendu sa politique, vous l'avez porté aux nues, ainsi que son épouse. Et pourtant, il vous a trahi mille fois plus que mes cousins Olybrius et Probinus et tous ceux qui, un jour, vous ont abandonné.

Je m'enveloppai dans ma toge et rabattis un pan de mon vêtement sur mon front ; j'étais prêt à me plonger dans la nuit. Je manquais à la courtoisie en interrompant ainsi son discours ; mais je ne puis supporter de parler de Stilicho. Pendant un instant, ce fut le silence. Puis j'entendis la boule d'argent tinter dans la coupelle.

— Comme vous voudrez, dit-il. C'est en tout cas une bonne chose que je n'en aie plus pour longtemps. Quelques années encore et ma conscience s'éteindra, le spectacle de cette décadence me sera enfin épargné. Il m'arrive d'évoquer Socrate qui, agonisant, pria ses amis de sacrifier un coq à Esculape pour le remercier de la guérison, de la délivrance que lui apportait la mort.

A cet instant, les portes coulissantes du tablinum s'ouvrirent ; l'esclave qui m'avait introduit demanda ce que souhaitait son maître. Je ne compris pas ce que disait Marcus Anicius, mais lorsque l'homme s'en alla, je voulus le suivre. Marcus Anicius me retint :

— Un instant encore.

J'attendis, le visage détourné. Nous n'échangeâmes plus une parole. L'esclave revint et me présenta un rouleau de parchemin dans son étui.

Moi qui ai juré de ne plus coucher un seul mot sur le papier, si ce n'est pour montrer à ceux qui veulent apprendre à lire et à écrire comment former les lettres, je me comporte comme si rien n'était arrivé... Allons donc ! On ne peut concevoir un plus grand contraste entre le passé et le présent. Le clerc impérial occupé à composer ses œuvres dans les bibliothèques palatines, sorte de haut fonctionnaire, de haut magistrat de l'art poétique, n'existe plus. Par la porte qu'il me faut bien laisser entrouverte si je veux y voir un peu clair, pénètre l'odeur nauséeuse de la fosse d'aisance sous l'escalier, et du poisson en caque. Les dieux de l'Olympe ne se sentent pas à l'aise dans ce décor. Que reste-t-il à écrire, maintenant que la noble tâche de ciseler des vers pour la plus grande gloire de l'Imperium appartient au passé ? Cette envie soudaine de formuler ce qui m'est arrivé ces derniers jours me surprend et m'inquiète. Rompu, le silence, envolé, ce qui était devenu une seconde nature, la détermination de ne m'occuper de rien – pas même en pensée – de ce qui sort des limites du lieu et de l'instant présents. Je me rends compte que, dix années durant, je me suis considéré moi-même comme une non-valeur – si l'on entend par "moi-même" cette succession de métamorphoses que j'ai subies depuis mon enfance, passant du petit paysan égyptien nu-pieds à l'illustre gendelettre dont les vers étaient aussi surchargés d'images chatoyantes que sa tunique de broderies, et de ce dernier au pédagogue, avec ses surnoms variés, vouant ses jours à la tâche d'apprendre aux habitants des bas quartiers à lire et à écrire. Seul ce dernier a réussi à m'inspirer quelque respect : un homme qui a su comprendre, avant que tout espoir de lucidité fût perdu, combien sont relatifs les signes extérieurs sur lesquels repose, le plus souvent à tort, l'image que l'on a de quelqu'un ; qui, de ce fait, ne se laisse plus influencer par les impressions ressenties de prime abord et encore bien moins par les "on-dit" ; qui, plus que tout autre, est disposé à prendre le vent et à réserver son jugement. Pénétré de l'idée que tout change sans cesse en nous et autour de nous, il est en mesure de reconsidérer ses opinions, de tenir compte des glissements qui s'opèrent sous la surface des comportements humains par suite de l'interaction entre nous-mêmes et les autres – impondérables que recèlent l'entourage, la nature, les sentiments indéfinissables, que sais-je encore ? Celui qui se met facilement à la disposition d'autrui et fait preuve de patience envers ceux qui sont lents à comprendre, qui prend la peine de ménager chacun dans ce qu'il considère comme l'essentiel de lui-même, passe vite pour un philanthrope. Je ne me promène pas avec une pancarte au cou sur laquelle on peut lire que montrer un respect mutuel, prendre du recul par rapport à ses propres jugements sont les seuls moyens qui nous soient donnés, dans les rapports quotidiens, de rendre supportable à soi-même et aux autres cette vie pleine de contradictions et de problèmes insolubles. Au niveau de la rue, tout est à la fois plus direct et plus inéluctable en même temps que plus riche de possibilités. Qui porte haut la tête ne voit pas ce qui se passe à ses pieds. Au fond, les fabricants de saucisses, les tanneurs, les maréchaux-ferrants de la Subure ne réagissent pas autrement que les clarissimi et les illustrissimi* ; seulement, les premiers n'ont pas le moindre intérêt à cacher ou à déguiser leurs sentiments, ils jurent, trépignent, embrassent, pleurent, insultent de tout leur cœur, ils manquent de retenue parce qu'ils n'ont pas appris à réfléchir, mais du moins ne trouve-t-on pas chez eux cette exploitation hypocrite de la maîtrise de soi, à laquelle conduit souvent la réflexion. Leur haine comme leur amour s'expriment sur l'heure, dans la violence et le bruit, mais sont moins préjudiciables que les intrigues. Tandis que j'écris ces mots, éclate, à l'étage au-dessous, l'une des innombrables disputes quotidiennes, les glapissements des femmes et des enfants remplissent la cage d'escalier, la vaisselle se brise. Dans de tels moments, je devrais peut-être évoquer avec mélancolie les fraîches galeries ou les allées bordées de cyprès sous lesquelles je pouvais autrefois, loin du bruit et de la crasse, forger tranquillement les métaphores qui convenaient à une ode. Mais la vérité, elle est ici, dans ce milieu ; c'est lui qui donne un sens à mon existence. Je suis à ma place dans la fourmilière de la Subure, peut-être grâce à ce que je porte en moi, sans en avoir le souvenir conscient : toutes les expériences de la vie de mes parents et grands-parents, des esclaves, des ouvriers agricoles du Delta ou du Fayyum, habitués à la puanteur du fumier et aux huttes en torchis où n'entre pas la lumière.

Dans la pénombre de ma tanière règne une chaleur étouffante : les rares objets que je possède (un peu de papier bon marché, de quoi écrire pour les leçons, une lampe, une tunique d'hiver accrochée à un clou planté dans le mur) sont aussi les seules choses déplaçables ; le banc de pierre me sert à la fois de siège et de table. C'est la première fois depuis dix ans que j'ai entre les mains un article de luxe comme le volumen* sur lequel j'écris. Je ne peux effacer le sceau, dans le coin à gauche, portant les initiales de Marcus Anicius Rufus. J'aurais peut-être dû tourner les talons, m'échapper de sa suite quand le cortège s'est mis en marche sur le Forum de Trajan. Je savais que ma confrontation avec lui serait une épreuve à bien des points de vue ; je pensais surtout à la possibilité d'être reconnu, à des réactions imprévues de ma part. En même temps, je *voulais* être reconnu. Ce à quoi je m'attendais ? Certainement pas à cela : un rouleau de parchemin vierge entre deux cylindres d'ivoire, un cadeau qui ressemblait à un défi, un aiguillon, et de mon côté, l'irrépressible envie de consigner sur ce parchemin, minute par minute, les expériences d'une seule journée, celle de la deuxième entrée d'Honorius. Il y avait un singulier élément de répétition dans les événements, comme si j'avais déjà vécu tout cela auparavant. Je sais pourquoi : ce qui m'est arrivé forme un réseau de variantes sur les possibilités que j'ai envisagées par jeu, autrefois, au temps de la célébrité et de la quiétude. Lorsque, à l'époque, je me rendais au Forum aux côtés de l'empereur, lors de sa première entrée, je me suis demandé ce que j'éprouverais s'il m'était donné de suivre ce déploiement de magnificences du dehors, en spectateur revenu de ses illusions. Lorsque les magistrats dévoilèrent ma statue au milieu des immortels, je vis en esprit ce marbre en ruine, cette place vide.

Stilicho et Serena – ils m'apparaissaient comme des demi-dieux, les plus puissants de l'empire de Theodosius. Quand, sur les recommandations de Manlius Theodorus, je fus admis à faire partie de l'état-major personnel de Stilicho, j'obtins une place privilégiée. J'habitais à Milan, dans sa maison, qui faisait partie du palais impérial. Le vieil empereur était entiché de sa famille ; il était partout et toujours entouré de parents. Il considérait sa nièce Serena comme sa fille et, par conséquent, l'époux de celle-ci comme son fils. On a prétendu plus tard que Stilicho avait habilement profité d'un entretien en tête à tête avec l'empereur mourant pour se faire nommer tuteur des deux fils, Arcadius et Honorius, respectivement âgés de dix-sept et dix ans. Personne n'était présent, personne ne pouvait prouver le contraire. Rufinus, qui revendiquait pour son propre compte la tutelle d'Arcadius et la domination de l'Empire d'Orient, était une canaille. A supposer que l'accusation selon laquelle Stilicho aurait forgé cette nomination eût été justifiée, il agissait dans l'esprit de l'empereur, qui avait siégé suffisamment longtemps à Constantinople pour connaître à fond les courtisans, les eunuques, leur appétit de luxe, leur corruption et leurs haines mutuelles et souhaitait par-dessus tout maintenir l'unité de l'Empire.

Stilicho n'était pas aimé, bien qu'il commandât l'admiration et le respect de tous. A vrai dire, un grand nombre de ceux qui le louaient le plus fort parce qu'ils avaient besoin de lui devaient le haïr. Il faisait l'impression d'être infaillible, de ne jamais se tromper, de dominer chaque situation – les gens ne pardonnent pas une pareille perfection. En parfaite santé, infatigable, il avait encore l'air d'un jeune homme bien que déjà entre deux âges ; dans sa manière d'être, il avait ce quelque chose de désarmant et de naïf qui m'a souvent frappé chez les gens de sa race. Il possédait l'aisance du geste de l'homme du monde, ayant grandi dans une villa du Bosphore, tout près de la capitale byzantine où son père avait exercé une fonction militaire à la cour impériale. Il avait toujours eu la peau mate, basanée d'un jeune Grec, non pas ce teint roussâtre qui, chez les Vandales, s'accompagne presque toujours d'yeux et de cheveux clairs. Il parlait le grec et le latin sans accent ; je crois qu'il ne comprenait même pas la langue de son père. C'est un des arguments que je pus avancer en sa faveur quand je pris sa défense, dans un poème, contre l'accusation réitérée selon laquelle il entretiendrait des contacts secrets avec les chefs des hordes vandales aux frontières de la Thrace. Il ne s'exposait jamais au ridicule, avait une autorité naturelle ; beaucoup auraient voulu qu'il en fût autrement, l'un des plus sérieux griefs portés contre lui étant sans aucun doute le fait qu'il était impossible de le regarder de haut, bien qu'il fût d'origine étrangère et homo novus*. Ses pires ennemis ne pouvaient l'accuser de bêtise.

En Stilicho, je voyais incarné ce que je considérais, depuis mon enfance, comme la vraie virilité : courage tranquille, sûreté de soi sans ostentation, une aversion de l'imposture et de la corruption qui n'était pas due au secret désir d'être ce que l'on n'ose pas être, comme c'est le cas chez tant d'autres. Ce que l'on a appelé son caractère "ondoyant", versatile, venait, me semblait-il, de la nature de son intelligence. Il situait les événements dans un plus vaste contexte que ne le faisaient la plupart, son idée de la réalité englobait les réalités limitées des autres. Il en savait davantage, il osait davantage. Il assumait le risque, la responsabilité. En arrivant à Rome, je croyais que les courants d'opinion et les formations politiques seraient faciles à reconnaître. Je n'avais pas le moindre soupçon de la diversité et de la complexité des possibilités d'être pour ou contre la politique de l'empereur, pour ou contre l'Eglise d'Etat, pour ou contre quoi que ce fût. Ceux qui étaient un jour amis et alliés se révélaient le lendemain ennemis jurés et inversement. Les rancunes personnelles se mettaient en travers de l'intérêt du groupe. Les paroles et les actes concordaient rarement. Stilicho avait constamment affaire avec toutes ces personnes et toutes ces opinions ; prendre trop clairement parti dans ces rapports et ces situations internes revenait à se barrer la route à soi-même, à s'engager dans une impasse. Opter pour un homme, un parti, cela aurait été se créer un talon d'Achille. Si importantes qu'eussent pu paraître ces affaires (parce qu'elles étaient proches), elles comptaient à peine pour Stilicho, comparées aux véritables problèmes : comment éviter la scission qui menaçait entre l'Empire d'Occident et l'Empire byzantin, comment empêcher les tribus barbares, qui progressaient aux frontières du Nord, de tirer parti des luttes intestines. Il pouvait, à tout instant, avoir besoin de chacun pour prendre des mesures efficaces aussi rapidement que possible. Très rares étaient ceux qui le comprenaient ; plus tard, après sa mort, plus rares encore furent ceux qui surent apprécier ce qu'il avait malgré tout accompli. Cent fois, au

Sénat comme à la cour, il dut neutraliser une immixtion déloyale, corriger des bévues nées de la méconnaissance des faits ou de la haine aveugle qu'il inspirait à certains. Sans la promptitude de ses réactions et sa capacité d'embrasser la simultanéité des faits, il n'y serait pas si souvent parvenu. Les premiers à lui mettre des bâtons dans les roues furent ceux qui étaient le plus proches de lui (Theodosius, Honorius, Serena et, en un certain sens, moi-même – hélas ! –, son poète attitré).

Je n'ai jamais eu de peine à trouver mes mots, mais un sentiment d'impuissance proche du désespoir me saisit quand je tente de formuler la complexité et l'ambiguïté de mon comportement à l'égard de Stilicho. Je voudrais tant pouvoir, digne et pragmatique comme un vrai Romain, professer ma solidarité intérieure avec tout ce qui est clair, droit, bien ordonné... Je voudrais que l'intelligence et la faculté de combiner et de déduire que je dois à ma formation grecque m'apportent la calme assurance que, sous le soleil qui éclaire le monde des mortels, rien n'est inexplicable. Mais je ne suis ni grec ni romain.

Quoique menue, Serena en imposait par son port de déesse, le choix de ses vêtements et de ses parures. On ne peut concevoir un plus grand raffinement. Là comme en tout ce qu'elle entreprenait, elle voulait s'élever au sommet de la perfection. Elle avait une passion pour les choses belles et coûteuses, particularité qui faillit plus d'une fois mener Stilicho à la ruine. En outre, elle possédait par nature ce que Proba, la mère des Anicii (souvent considérée comme sa rivale), ne réussit jamais à acquérir, en dépit de tous ses efforts et de son zèle : l'intelligence parfaite de la science et des arts. Qui n'a pas vu Serena, adossée à son siège, jouant de la cithare au milieu des lauriers-roses en fleurs, dans le drapé asymétrique – de l'épaule à la hanche, du genou au pied – de sa tunique jaune crocus et violet, le cou et les cheveux ornés de camées, n'a jamais pu apprécier pleinement la grâce d'une Romaine de sang noble. Pourtant ce n'était pas ce que l'on pourrait appeler une femme charmante, dans l'acception habituelle du terme : souverainement généreuse envers ses protégés, souverainement dure pour ceux qui avaient cessé de lui plaire, souverainement fantasque et souverainement intraitable dans tout ce qui touchait à ses foucades, comme si elle eût été seule au monde.

Certains de ses amis, après s'être convertis au christianisme, avaient décidé de monnayer leurs biens et de faire don aux pauvres du capital recueilli. Serena s'empressa d'offrir une fortune pour tous leurs palais, leurs parcs et leurs collections d'objets d'art. Stilicho qui, à ce moment-là, ne disposait pas d'une pareille somme, se vit contraint d'annuler l'achat. C'est à lui que l'on tint grief de ce que l'on avait pardonné d'avance à Serena. Il y eut ensuite l'histoire du collier de Cybèle. Est-ce moi qui lui ai mis cette fatale idée en tête ? Un jour, moitié par badinerie, moitié par flatterie, je suggérai qu'elle était la seule femme sur terre digne de porter le joyau sans prix qui ornait la statue de la Déesse Mère pendant les solennités. A cette époque-là, nombreux étaient ceux qui, à l'instigation des évêques, exprimaient ouvertement leur méfiance à l'égard de Stilicho (on le soupçonnait d'être d'intelligence avec Eugenius, le candidat du parti non chrétien à la dignité impériale) et conspiraient pour entraîner sa chute. Lorsque Eugenius et ses partisans furent vaincus au cours d'une brève campagne (la dernière de Theodosius), il parut souhaitable, voire nécessaire, de fournir une preuve irréfutable de la loyauté de Stilicho. Serena qui, depuis son plus jeune âge, avait entretenu des relations amicales avec des familles non chrétiennes de sénateurs, fut, comme de coutume, priée d'assister, en qualité d'invitée d'honneur, à la fête annuelle de la Magna Mater*. Elle s'y rendit, prit place au premier rang, richement vêtue mais sans bijoux, ce qui ne passa pas inaperçu. A l'instant le plus solennel de la cérémonie, elle se leva, dépouilla la statue du collier d'or à cinq rangs et se le mit autour du cou. Les personnes présentes racontèrent plus tard que toutes les femmes restèrent médusées, paralysées de terreur. Serena sortit du temple, suivie de ses compagnes. De l'endroit où j'attendais avec le reste du cortège qui composait la suite de Stilicho, je la vis s'approcher de nous. Elle était exsangue, avait le regard fixe et soutenait le collier à deux mains pour alléger le poids de tous ces rangs de lourdes perles en or. Qu'aurait-on dû lire sur son visage ? Orgueil, défi, une agitation inconcevable, peut-être bien la conscience d'être plus belle que jamais avec cette parure qu'aucune mortelle avant elle n'avait jamais portée. Mais elle avait l'air d'une morte, l'ombre d'elle-même. Son visage était celui que je devais reconnaître plus tard, horrifié, dans le déchet sanglant rivé au mur d'Aurélien.

A l'époque, j'ai entendu des idolâtres prétendre qu'en commettant ce vol éhonté, elle avait attiré sur son cou la hache du bourreau. Ce qui est sûr, c'est qu'à partir de ce jour, plusieurs sénateurs très influents lui vouèrent une haine mortelle ; d'autres, qu'aucune forme de religion n'attirait et qui comprenaient les mobiles secrets de son acte, n'en déplorèrent pas moins, ouvertement, son manque de tact. On rejeta toute la faute sur Stilicho, bien qu'il eût, dit-on, ignoré ce qu'elle allait faire. Ce geste incongru aboutit au résultat inverse de celui qu'elle avait en vue : les chrétiens se méfièrent plus que jamais de Stilicho.

Presque dix ans plus tard, avec son infaillible instinct féminin, elle a pressenti ce que personne – moi moins que les autres – ne soupçonnait : que ma chance avait tourné, que j'étais devenu une pierre au cou de Stilicho.

Pour tout le monde, j'étais le poète de Stilicho ; ce qui jetait le discrédit sur moi devait l'atteindre deux fois plus durement. Ses efforts pour parvenir à un accord avec les Goths qui progressaient (il savait que Rome n'avait aucune chance de gagner une guerre) se heurtèrent à une résistance forcenée des conseillers chrétiens et non chrétiens d'Honorius. Serena comprit que ce n'était pas le moment pour Stilicho de se permettre un scandale autour de son panégyriste. Avec l'inventivité et la promptitude dont elle avait le secret, elle réussit à me trouver une fiancée en Libye (à une distance respectable de Rome) et à m'y procurer un poste : la première étant une garantie que je n'abandonnerais pas le second. Placé devant un fait accompli, je fus pris de court ; elle se montra affable mais inflexible. Stilicho était à Ravenne avec la cour ; je n'ai jamais su s'il avait été au courant des projets de Serena. Dans une suprême tentative pour l'apitoyer, je lui dédiai un poème où je la remerciais de toutes les faveurs dont elle m'avait comblé et la suppliais de me laisser une chance de revenir dans la Ville. La nouvelle de mon départ imminent dut transpirer puisque, peu de temps après, je fus arrêté. Tandis que j'écris, je suis frappé par la forme de ce discours ; je m'adresse, comme dans une lettre (j'en écris tant pour d'autres, à présent, dans lesquelles je raconte, je démontre, j'explique), à un lecteur inconnu. A moi peut-être ? Qu'ai-je de commun avec l'homme qui disparut, il y a dix ans, dans les cachots de la préfecture ? Qui était Claudius Claudianus ?

Claudius Claudianus, qui, quoi ? Une maîtrise exceptionnelle de l'art poétique, un cerveau rompu aux exercices des *Progymnasmata** de Libanios*. Une imagination tenue en lisière par le thème imposé et qui se soumettait docilement au carcan des formes fixes. Une luxuriance de mots, un don d'improvisation remarquable. L'aboutissant idéal des écoles de rhétorique d'Alexandrie. Claudius Claudianus : dix années pleines, pas plus, comptées depuis l'instant où je mis le pied à Ostie jusqu'au moment où je fus condamné à disparaître de la société. Une existence par la grâce de ceux dont je chantais les louanges. Lui-même introuvable dans tous ces vers, à moins que ce ne fût à travers les personnages de Stilicho, Serena, Honorius, Rufinus, Eutropius, Gildo, héros et scélérats auxquels je prêtais mon souffle, ou derrière les figures allégoriques, les dieux et les déesses, toute la galerie mythologique dont j'entourais mes sujets humains pour les élever au-dessus d'une réalité beaucoup moins richement colorée. Claudius Claudianus ; l'instant unique d'une prise de conscience, un jour, sur les pentes alpines, devant le spectacle éblouissant de la glace contemplée pour la première fois. Un torrent gelé, les franges de cristal suspendues aux rochers, colliers de gouttes figées, me révélèrent ce qu'était véritablement la poésie : l'émotion vivante, transposée en une forme apparentée à la glace ; le mouvant, l'insaisissable, un instant prisonnier de quelque chose de dur et néanmoins transparent ; l'incolore qui renvoie toutes les couleurs de l'arc-en-ciel. Devant cette blanche scintillation, j'étais comme cloué au sol. A partir de cet instant, je n'ai plus vraiment cru à ce que je faisais quand je prenais la plume.

Claudius Claudianus : celui qui continuait malgré tout à faire des vers. Trahison envers le cristal de la poésie, envers quelque chose d'autre encore, envers le moi intime, clair, clarifiant d'où jaillit la poésie. J'avais quitté l'air pur et glacé pour retourner à Milan-dans-la-plaine. Ce que j'avais trouvé, je l'oubliai – pis encore –, je le reniai.

Claudius Claudianus : l'architecte ambitieux et zélé d'une composition en noir et blanc sur la course au pouvoir entre les parties orientale et occidentale de l'Empire, Stilicho contre Rufinus. Je mis mon imagination au service de la politique. Pour justifier l'aversion courroucée de Stilicho à l'endroit du praefectus praetorio Orientis, je donnai à la haine de Rufinus pour Stilicho les dimensions d'une catastrophe naturelle. Je me convainquais moi-même à mesure que j'écrivais. Une fois convaincu, j'en entraînais d'autres. Les vers récités à la cour et au Sénat, multipliés et répandus, remportaient un éclatant succès. Sur la foi de Claudius Claudianus, Rufinus était partout considéré comme un monstre.

Claudius Claudianus : lorsque très loin, à Constantinople, Rufinus fut assassiné, lacéré par une poignée de soldats et promené à travers les rues de la ville pour l'édification et le divertissement du peuple, la tête ici, une main là ("main de rapace", ricanait la foule), j'ai utilisé cette écœurante histoire pour – une fois de plus – louer Stilicho. Il en résulta une tempête de rumeurs : Stilicho aurait fait liquider son plus dangereux rival.

Justement parce que je ne croyais pas un instant que Stilicho eût effectivement trempé dans ce crime et que j'ajoutais foi aux allégations de quelques initiés, selon lesquels d'autres ennemis de Rufinus avaient habilement exploité le climat régnant, je décidai de faire nécessité vertu et d'attribuer à Stilicho toute la responsabilité du meurtre. C'était, me semblait-il, un coup de dé qui ne manquait pas de hardiesse ; pour présenter l'acte comme acceptable, nécessaire et même légitime, il me suffisait de dépeindre, dans les couleurs les plus noires, l'abîme de corruption dans lequel avaient sombré le défunt Rufinus et d'autres détenteurs du pouvoir encore vivants, dans l'Empire byzantin et ailleurs.

Claudius Claudianus : cette fois, j'empruntais pour tout de bon la voie qui engage irréversiblement l'avenir. On ne peut impunément voir tomber de leur piédestal les idoles que l'on a créées soi-même. Je devais nécessairement m'apercevoir un jour que Stilicho était un homme comme les autres, non pas le défenseur apollinien de l'ordre et de la justice que j'avais exalté ; qu'il pouvait se tromper, avait parfois les mains sales, préférait souvent taire les faits plutôt que de les étaler au grand jour, pour éviter les complications. Vint un temps où je m'insurgeai contre ces réactions parce qu'elles portaient préjudice à l'image que j'avais créée de lui, dans mes pensées et mes poèmes. Dans le climat épique des vers que j'écrivais alors, je lui reconnaissais le droit d'être le vengeur qui avait délivré le monde de Rufinus. Mais dans la réalité, je ne pouvais supporter l'idée que très vraisemblablement, il avait donné l'ordre d'assassiner son ennemi, le jour où il avait appris que d'autres que lui tramaient aussi un complot. A y regarder de plus près, je vis que bien des choses restaient incertaines, que toutes les suppositions, mêmes défavorables, étaient possibles, il est vrai, mais qu'il continuait à forcer l'admiration et qu'on ne pouvait l'accuser d'imposture, même si, sous la surface, tout était différent de ce que l'on croyait. Du même coup, mes activités à moi m'apparaissaient sous un jour nouveau. Alors que *lui*, semblait secouer facilement cette opacité de ses épaules, *moi*, je la sentais coller à ma peau. En fait, je ne le lui pardonnais pas, pas plus que je ne pouvais pardonner à Serena le noyau froid, calculateur, caché au fond de l'être que j'avais un jour glorifié dans une ode en ces termes : "Maxima rerum gloria !" O gloire de l'univers ! Je doutais d'eux et je continuais à mettre mon œuvre à leur service. Je ne parvenais pas à me détacher d'eux aussi facilement qu'ils crurent pouvoir se débarrasser de moi plus tard. Ma statue se dressait déjà sur le Forum de Trajan.

Claudius Claudianus : ce fantoche de marbre, symbole d'un génie poétique qui n'avait qu'une ressemblance de façade avec le cristal de la poésie, mais qui était en train de se scléroser jusqu'à devenir une substance plus dure, plus froide que la glace des Alpes.

Le condamné qui fut emmené, sous surveillance militaire, jusqu'au-delà de la centième borne, hors des murs de Rome, n'était plus Claudius Claudianus, il n'était pas davantage le vagabond qui devait plus tard, à la faveur du branle-bas provoqué par l'occupation wisigothe, retourner clandestinement dans la ville bien-aimée.

Ensuite ? Ensuite, moi, le sans-nom, le solitaire, Pro Se, né sur les bords du Nil, j'ai commencé à apprendre ce que c'était que la vie. Ce n'était ni la théorie, ni le formalisme de la vie de cour où (pour l'observateur attentif) florissait l'anarchie. Non, le peuple : des artisans qui triment dans leurs ateliers jusqu'à la tombée du jour, qui peuvent gagner leur pain grâce à la compétence et au savoir durement acquis dans leur jeunesse, tannent des peaux, travaillent le bois, martèlent le cuivre, peignent, font de la poterie, préparent le garum avec des sucs de poisson, tissent la toile. Des femmes qui, dans les tanières ou les caves qui leur servent de maisons, mettent des enfants au monde, les allaitent, les nourrissent jusqu'à ce qu'à leur tour les uns rejoignent l'atelier, les autres se consacrent aux tâches ménagères. C'est cela, la réalité du peuple de Rome. Pour que le vernis de civilisation qu'il m'a été donné d'acquérir puisse encore servir à quelque chose, j'ai ouvert une école au milieu de ces gens, j'ai mis à leur service le talent qui me permettait de coucher par écrit mes opinions et mes pensées. Je n'ai pas été malheureux, au contraire – sauf peut-être en songeant qu'un individu, à lui seul, ne peut vaincre l'ignorance rarement comique, presque toujours affligeante de milliers d'individus. S'il m'arrive de quitter la Subure, je vois les villas des riches chrétiens, je tombe sur une procession, prêtres en tête, qui transporte les dépouilles récemment exhumées de saints martyrs vers l'une des basiliques ou une chapelle hâtivement construite et j'ai peine à en croire mes yeux. Pourquoi cette chasse aux ossements de ceux qui furent des idéalistes, alors que l'on pourrait, jour après jour, heure après heure, mettre en pratique son propre idéalisme en procurant aux miséreux, entassés dans leurs nids à rats, une existence décente ? Même ici, parmi les plus pauvres, on racole des convertis ; non pas en leur donnant à manger mais en leur faisant croire qu'en adressant des prières aux dépouilles enfermées dans un sarcophage ou une châsse (qu'elles soient ou non celles de martyrs de la foi, car on peut souvent se poser la question), il est possible d'obtenir des miracles. Je connais, il est vrai, une poignée de chrétiens dans le quartier qui condamnent cet abus de confiance (lequel ne diffère en rien de la superstition la plus flagrante d'autrefois). Ceux-là, je les respecte. Ils ne font pas étalage de leurs convictions mais ils vivent leur foi ; rien de ce qui est humain ne leur est étranger et, en même temps, ils se distinguent par leur sérénité et leur maîtrise de soi. Il me semble qu'ils sont beaucoup plus soucieux de fouiller leur âme que de convertir leurs voisins. Je n'ai pas accès à leur vie religieuse ; du reste, ils n'en parlent pas sans y être invités. Ce sont peut-être des Ariens qui, par instinct de conservation, doivent se montrer prudents. Mais ils ne se cachent pas ; jamais, en cas de danger, on ne fait appel à eux en vain.

L'Eglise d'Etat, avec son rituel impressionnant et ses nuages d'encens, ne joue aucun rôle ici, dans la Subure, pas plus que la vie d'ermite, cet autre signe de sainteté qui gagne chaque jour en popularité. Si, d'aventure, un moine sorti de son cloître ou un anachorète de sa grotte perdue dans un coin inhospitalier viennent s'égarer dans le quartier, ils sont conspués pour avoir fui la société et opté délibérément pour la crasse dans laquelle ils vivent.

Ici, la vie ne dépasse pas la hauteur des toits ; seuls comptent le pavé, les égouts, les murs sales et couverts de salpêtre, la rumeur ininterrompue des voix, le colportage et les bagarres, les cris de souffrance et les éclats de rire, la puanteur, les relents de toute sorte, l'obscurité derrière les portes entrouvertes, les immondices, les animaux errants, la masse grouillante des adultes et des enfants. Ce mode de vie ne change pas ou évolue très lentement, les perturbations du dehors n'ont guère de prise sur lui. Quand les Goths occupèrent Rome, ils laissèrent en paix la Subure.

Ici, je ne suis plus de ce temps, je vis hors du temps, mais jusqu'au cou dans la réalité terrestre ; je connais aussi bien la force des éléments que l'inefficacité d'une vie qui se résume nécessairement à la quête de l'indispensable.

Et voilà que, poussé par la curiosité, j'ai quitté ce labyrinthe pour la première fois depuis de nombreux mois. Honorius passait, une voix a crié "Des jeux ! Des jeux !" entre les temples et, d'un seul coup, tout a changé.

Naturellement, quelqu'un m'a suivi lorsque je revenais de chez Marcus Anicius. Ce que je croyais être un chien errant, quelque chose d'invisible dans l'obscurité, qui produisait un bruissement répété sur mes talons et disparaissait soudain quand je me retournais, ne pouvait être que le nain. Hier, en quittant les bains publics, je vis soudain le gros lutteur sortir de la foule : si je voulais bien l'accompagner, de gré ou de force, Pylade souhaitait me parler. "Merci, c'est me faire trop d'honneur", et je réussis à m'échapper dans la cohue. Aujourd'hui, c'est donc l'acteur en personne qui est apparu sous l'auvent proche du marché aux fruits où je donne mes leçons. Je le fis attendre dans l'espoir qu'il se lasserait vite. Mais une heure plus tard, il flânait encore entre les pastèques. Pour me débarrasser de lui, je lui offris d'aller boire quelque chose. Au cabaret, il me fit une proposition : il cherchait un érudit capable de présenter le programme et de réciter des vers pendant son spectacle solo dans le rôle d'Œdipe aveugle, d'Hercule dans sa tunique de feu, d'Ajax défiant la colère des dieux, d'Achille pleurant la mort de Patrocle.

— Je danse et je chante mais je ne suis pas un intellectuel, dit-il, feignant l'humilité (mais ses yeux restaient calculateurs). Ce qu'il me faut, c'est un homme cultivé, savant, qui a les dehors d'un philosophe. Maintenant, je suis sûr de l'avoir trouvé.

Je lui rappelai que, dans les théâtres, ne se produisaient plus que des prestidigitateurs ; je croyais d'ailleurs qu'il se gaussait, mais pas du tout.

— Chez des particuliers, naturellement. Les pouvoirs publics l'autorisent. La demande est grande. Nous devons nous débrouiller avec les moyens du bord mais c'est bien payé.

— J'ai un travail utile, même dans le domaine littéraire, qui me rapporte assez pour me permettre de subvenir à mes besoins.

— Un public choisi de fins connaisseurs de la littérature ou au contraire de nouveaux riches ignares, prêts à dépenser une fortune pour un brin de culture. Mais ce sont tous des auditeurs reconnaissants, qui deviennent souvent des relations intéressantes, aujourd'hui plus que jamais – si tu vois ce que je veux dire. Les dieux continuent à vivre dans les œuvres des grands poètes.

— Cela ne me tente pas.

— C'est tout de même autre chose que ce que tu as l'habitude de faire.

— Je suis satisfait.

— Moi pas, rétorqua-t-il.

Il s'approcha de moi, baissa le ton. Je vis de tout près sa peau fripée, les bords noircis de ses yeux. L'odeur de ses pommades était si pénétrante que je dus détourner la tête.

— J'ai en ce moment une compagnie – il faut voir laquelle ! Le nain, le gros, une fille que j'ai ramassée dans la rue. Tu m'as vu jouer autrefois... (il me tira par la manche, ses yeux étaient pleins de larmes, pour la première fois, une réaction sincère). Tu t'imagines ce que ça signifie pour moi de devoir travailler – c'est déjà si difficile aujourd'hui de faire ce métier – avec une bande de manchots qui n'y connaissent rien de rien. Je suis un professionnel et ce que je fais maintenant n'a rien à voir avec ma profession. Je trahis l'artiste que j'étais. Dans mon métier, vieillir, décliner, c'est déjà une trahison. Je suis un perfectionniste, je ne trouve rien de plus humiliant que de devoir donner des représentations de troisième ordre pour la simple raison que ma troupe n'est pas à la hauteur. Je passe des heures à me préparer, j'accorde mes instruments, je contrôle les costumes, j'avale du miel pour assouplir mes cordes vocales, je fais des exercices, je peins un masque sur mon visage. Mais ce monstre, cette putain, ce type qui n'est bon qu'à me débarrasser des importuns n'ont aucune notion de ce qu'est le raffinement. Ça me ronge.

— Je suis encore moins fait qu'eux pour ce métier, crois-moi.

— Le grand art classique, dénué de sensations vulgaires, le mime solo dans le style de l'Age d'or, voilà ce que je veux remettre en honneur. Je laisse tomber la troupe. Si tu te charges d'expliquer les textes, de faire les enchaînements...

— Il n'en est pas question.

— Je pourrais t'obliger à le faire, dit-il soudain virulent.

— Je ne crois pas.

— Tu as tort d'être aussi sûr de toi. Si tu faisais ce que je te demande, tu pourrais bien y trouver ton compte. Dans tout cela, il y a des intérêts en jeu, qui sont autrement plus importants que les miens, je ne peux pas t'en dire plus, pour le moment.

Cela commençait à bien faire, et je le quittai. Il cria quelque chose dans mon dos, que je ne compris pas.

Quelques jours ont passé. Hier, à la tombée de la nuit, en rentrant chez moi, j'ai entendu derrière la porte de ma chambre le couinement de ma paillasse. J'ai poussé la porte, mais dans la pénombre, je n'ai pas vu tout de suite que quelqu'un était assis sur mon lit. J'entrepris d'allumer la lampe et ordonnai à l'intrus de se montrer. Bruit de respiration, grincement du lit, mais aucune réaction. La mèche s'enflamma. Une femme était tapie dans le coin le plus éloigné de ma couche ; entre des tresses rousses, j'aperçus la pâleur des épaules et plus bas, dans un fatras de plis couleur safran, sa palla qui avait glissé de ses épaules. Je lui demandai ce qu'elle voulait, pourquoi elle ne répondait pas. Aucun son ne sortit de sa bouche. Elle me guettait seulement de derrière le rideau de ses cheveux. Je l'empoignai par le bras pour la tirer de son coin. Ses voiles glissèrent un peu plus bas. Un mélange de défi et de méfiance se lisait dans son regard fixé sur moi tandis qu'accroupie sur mon lit, elle rassemblait ses draperies autour d'elle, ou faisait semblant car j'avais l'impression qu'elle se dénudait davantage à chaque mouvement. Je la reconnaissais maintenant, c'était la fille que j'avais vue dans la gargote, le jour de l'entrée d'Honorius, l'amie ou la comparse de Pylade et de ses acolytes. Je compris la nouvelle manœuvre du mime : puisque ni promesses ni menaces ne parvenaient à me faire céder, il m'envoyait une femme, en pensant que, pauvre et décrépit, je ne résisterais pas à la tentation de faire l'amour gratuitement. Je me fâchai :

— Déguerpis ou je te mets à la porte à coups de pied quelque part.

Je m'attendais à ce qu'elle me couvrît d'injures ou me crachât à la figure, comme la première fois, mais elle ne dit rien, haussa seulement les épaules ; elle restait là, soudain désemparée, abandonnée, tandis que du pied, elle tâtait le sol, devant le lit, pour récupérer ses sandales. J'éprouvais maintenant pour elle la même pitié que pour les enfants sales, dans les escaliers de l'insula, qui se traînent jusqu'à moi pour me montrer leurs égratignures après une bagarre ou des coups reçus, ou pour mendier un croûton de pain rassis.

— Comment t'appelles-tu ? lui demandai-je en poussant du pied vers elle l'une de ses sandales.

— Urbanilla, répondit-elle, renfrognée.

— Urbanilla, je ne veux pas de toi, dis-le à Pylade. Dis-lui qu'il me laisse en paix.

Elle se déhancha pour ramasser ses sandales, sans me quitter des yeux par-dessus son épaule. Des yeux de pierre. Le courant d'air faisait trembler la flamme de la lampe à huile, des ondes d'obscurité parcouraient ce dos, ces cuisses, ce bras replié qui s'appuyait sur le bord du lit. Sur le fond de mur blanchi à la chaux, il me sembla que l'un de ces monstres féminins, grandeur nature, sphinx ou harpie, de la maison d'Olympiodorus, réapparaissait en chair et en os : visage sans âge, regard aveugle, bouche entrouverte, pleine d'ombre, seins de jeune fille, le bas du corps se perdant en plis et sinuosités qui évoquaient vaguement des plantes, des vagues, des griffes. La rapidité avec laquelle ces transfigurations se succédaient me laissa pantois : d'abord une vulgaire Marie-couche-toi-là, puis une pauvresse sans défense et, pour finir, quelque chose d'inhumain sous une forme humaine, une ombre de la nuit. Les impulsions successives qu'avait fait naître la créature assise sur mon lit, répugnance, colère, pitié, me quittèrent brusquement ; ce qui resta, je suis incapable de le décrire. Cette métamorphose n'était pas le fait conscient de la fille elle-même, je le savais ; comme de la cire ou de la glaise, elle se modelait, malgré elle, en une forme qui dépassait son entendement. Je voyais en elle tout ce qui peut mener un homme à sa perte ; non pas la séduction au sens érotique du terme, car ce qui était là, devant moi, n'était pas spécialement une promesse de volupté. C'était autre chose, plus que cela : la tentation de l'inconnu, la poursuite de dangers que l'on suscite soi-même – l'envie irrépressible de pénétrer dans des régions où s'estompent les frontières entre la cruauté et la jouissance, la vie et la mort, l'homme et la bête. Si j'avais pris cette femme à ce moment-là, j'aurais peut-être pu chasser les images qui m'assiégeaient, incohérentes comme les rêves ou les visions d'ivrognes et dans lesquelles l'inouï, le jamais vu s'offraient à moi, confusément, comme à travers un brouillard. Puissance sans pareille contre les impuissants et en même temps la possibilité d'une atroce souffrance qui ronge le monde entier, toutes les créatures. Je ne sais pourquoi, je fus pris de frissons, comme devant le spectacle d'un champ dévoré par les sauterelles, d'une ville mutilée, dépeuplée, ou encore celui d'une horde d'esclaves en fuite (je les ai vus, il y a dix ans, après la prise de Rome par les Goths), qui se lancent à la poursuite de leurs anciens maîtres pour se venger des sévices et des humiliations. Je reconnaissais le visage de Proserpine, enlevée par le dieu des enfers : la beauté, frôlée en plein épanouissement par le froid de la mort. Je vis la tête de Méduse de Serena assassinée, à la pointe d'une épée, dans une Rome en pleine déliquescence.

Maintenant qu'il fait jour, je trouve absurde, démentiel qu'une créature comme Urbanilla, par son seul regard torve et sarcastique et par le seul geste d'attacher ses sandales, ait pu être l'incarnation d'une perspective vertigineuse, d'un choix pour ou contre l'humain. Cela n'avait d'ailleurs duré qu'un instant ; elle se redressa, petite traînée comme il y en a des centaines dans la Subure, exhibant sans vergogne ses seins nus tout en ramenant lentement à elle les pans de sa tunique.

— Mais qu'est-ce que vous me voulez donc, vous autres ? lui demandai-je d'un ton rude, en plein désarroi.

— Demandez-le au patron, répondit la fille en haussant les épaules avant de disparaître.

Réminiscences de choses que j'avais oubliées depuis longtemps. Un jour, au milieu des roseaux, j'ai coupé la tête d'un coq. Jeu cruel, geste abominable et stupide. La lutte et les battements d'ailes de la puissante bête, prisonnière de mon poing, ses cris rauques, plus tard les spasmes de ce corps sans tête me donnaient un frisson de curiosité, éveillaient quelque chose en moi, je ne sais quoi, désir de prouver ma puissance, de découvrir les limites du tolérable, de combler un vide noir par la violence ? Beaucoup plus tard, chez Olympiodorus, j'ai éprouvé les mêmes sensations, seulement là, c'était moi le coq, l'opprimé, celui qui, pris de panique, se débat désespérément. Sans autres témoins que les harpies de pierre. Je me rends compte maintenant que cette ténébreuse période d'alors a souvent, dans les années qui suivirent, contrarié et fait chanceler celles de mes amitiés qui m'étaient justement les plus chères. A l'égard des hommes, je ne connaissais pas de moyen terme entre la haine et l'adulation du héros. Quant aux femmes, à part Serena qui appartenait à Stilicho et que j'ai élevée au rang de mère céleste, elles ne m'ont servi qu'à assouvir ma libido. Je les ai chevauchées le cœur froid, comme si elles eussent été des sphinx dont je devais me venger. Claudiani Opera, plantes ornementales, enlacements de rinceaux planant au-dessus des ténèbres.

Cet après-midi, dans la cohue du marché aux fruits, quelqu'un m'a bousculé et chuchoté à l'oreille :

— Marcus Anicius Rufus te prie de venir vers la cinquième heure après le coucher du soleil, c'est très urgent.

Je n'ai pu rattraper l'homme.

III

Profond silence dans la pièce où s'est retiré le préfet pour la sieste. Des rideaux tempèrent la lumière du soleil. Au-dehors, dans la cour du temple de Tellus, laissée à l'abandon, les cigales qui peuplent les cyprès ont entamé leur stridulation monotone. Le préfet s'est allongé sur un lit de repos, mais il ne dort pas. Le manuscrit étalé sur ses genoux a roulé jusqu'à terre. Il voudrait pouvoir glisser dans l'indolence qui dédommage d'un travail ardu mené à bien. Mais il est agité, il a trop chaud, même sans sa toge. Alors il fuit les coussins, va rejoindre le banc de marbre où un léger souffle venu de l'ombre des cyprès apporte un peu de fraîcheur. A portée de la main, tout ce qu'il faut pour écrire.

La Providence (sa main hésite) *me fournit, à dix ans d'intervalle, les moyens d'exécuter, dans l'esprit de la loi, une sentence autrefois différée. Concerne C.C.* (nouvelle hésitation avant de graver les initiales dans la cire). *Toujours païen dans l'âme. Ses réflexions à propos des martyrs, de l'Eglise, des croyants ! Ses insultes répétées à l'adresse du Sérénissime Honorius.*

Son manuscrit, un long témoignage de mépris, de dégoût de la vie, de défaitisme. Une fois livré à lui-même, est retombé dans la lie du peuple. Le texte contient plus de preuves qu'il n'en faut des sympathies politiques de Marcus Anicius Rufus qui menacent la sécurité de l'Etat. Cela nous dispense d'approfondir l'affaire de la réunion d'hier soir. En ce qui concerne Pylade et consorts : très imprudent, pour ne pas dire téméraire. Effectivement, rien à tirer de cette canaille sans âme. A liquider d'urgence. La femme U. à écrouer préventivement. L'interrogatoire ? Pénible. Pas un mot sur moi. Longues digressions sur tout et tous, allusions à ce cloaque d'Alexandrie, mais pas un mot sur celui qui l'en a tiré, qui a sauvé son âme de la damnation éternelle, lui a permis d'être élevé aux honneurs qu'il briguait, en l'introduisant auprès de tous ces admirables et déloyaux puissants. Pas un mot.

A l'aide d'une spatule, le préfet lisse la cire de la tablette, efface tout ce qu'il vient d'écrire. Il presse ses poings sur ses yeux clos (les coudes sur la table) et reste ainsi sans bouger, un homme prématurément vieilli, avec pourtant quelque chose d'immature dans la forme du cou et des épaules et dans les bras maigres aux poils clairsemés. Son secrétaire, venu le chercher vers la quatrième heure de l'après-midi, le trouve dans cette position.

— Clarissime, il est l'heure. Votre toge…

Le préfet de la Ville à Marcus Anicius Rufus, Marcellinus Maximus, Flaccus Vescularius, Gaius Agirius Flestus, Quintus Fulcinius Trio :

— Considérant les déclarations faites au cours de l'interrogatoire de ce matin par le commandant de la garde prétorienne, Aulus Fronto, par les témoins et par vous-mêmes, considérant de même les adminicules contenus dans un manuscrit qui vient d'être découvert, écrit sur papier venant de la bibliothèque de Marcus Anicius Rufus de la main de celui qui se fait appeler Niliacus, connu jadis sous le nom de Claudius Claudianus et vivant illégalement à Rome depuis dix ans, je vous déclare tous coupables de violation de la loi promulguée par feu l'empereur Theodosius dans la dix-septième année de son règne, Codex XVI, titre X, article 2 : "Il est interdit d'ériger des autels avec le dessein de sacrifier des victimes, ceci constituant une atteinte à la vraie religion." Votre culpabilité est également avérée au sens du paragraphe 3 de la même loi : "Quiconque tolère de tels apprêts dans sa propre maison ou dans celle d'une tierce personne est aussi coupable que s'il avait effectivement sacrifié aux dieux." Je cite enfin, pour mémoire, l'une des lois fondamentales de notre Etat : "Ceux qui, par l'examen d'entrailles ou autres pratiques idolâtriques, tentent d'interroger l'avenir sur les destinées du prince et de l'Etat se rendent coupables d'un crime capital."

Il y a quelques années à peine, je me serais vu dans l'obligation de vous condamner à mort. Grâce aux ordonnances promulguées par les augustes empereurs Honorius et Arcadius dans la septième année de leur règne, la sanction que je dois vous infliger se réduit aujourd'hui à une amende de trente livres or pour avoir violé l'interdiction d'organiser des réunions après la neuvième heure de l'après-midi, au bannissement à perpétuité ainsi qu'à la confiscation des biens que vous possédez, dans la Ville et jusqu'à cent milles à la ronde, pour avoir voulu offrir aux dieux et consulter des oracles.

Cette sentence est sans appel. L'exécution de la condamnation est immédiate.

Les condamnés ont été reconduits, la plupart des fonctionnaires du préfet quittent l'édifice. Claudius Claudianus, lui, a été isolé dans une cellule en attendant son jugement. Le préfet s'entretient encore avec ceux qui sont chargés de régler l'expulsion des cinq patriciens et la confiscation de leurs biens.

Plus tard : le préfet descend les marches qui conduisent aux cachots souterrains. Il ne veut pas que la seconde confrontation avec celui qu'il n'a pas reconnu – pas voulu reconnaître – ce matin ait lieu dans la salle aux carrelages noirs et blancs ni dans la pièce réservée aux audiences privées. Il pénètre sous les voûtes, derrière les soldats de la garde munis de torches. Il sait bien que ce qu'il fait est inutile et contraire à l'usage. Drapé dans sa toge blanche, il s'arrête devant la grille de la cellule, essaie de distinguer, derrière les barreaux, la vague silhouette qui se tient dans le coin. D'un signe, il intime à ses gardes l'ordre de reculer.

— Claudius.

L'autre se tait.

— Je me sens toujours responsable de ton sort.

L'homme fait quelques pas en avant mais pas assez pour que le préfet puisse discerner son visage :

— Dans cette affaire, ta responsabilité de magistrat ne va pas au-delà de l'exécution d'une sentence autrefois différée.

— Le chrétien l'emporte sur le magistrat. Je veux t'épargner.

— Je n'ai pas demandé à être gracié.

— Il ne s'agit pas de toi mais du salut de ton âme.

— Cela signifie-t-il réparation d'une erreur judiciaire ? On va me rendre la liberté ?

— Il n'est pas question d'erreur. Je te fais don de la vie, non de la liberté.

— Alors je préfère qu'on me coupe le cou.

— Dans ton cas, la peine de mort ne veut pas dire l'épée. Un païen, né esclave, hors de Rome, accusé de s'être livré aux activités de magicien et d'haruspice est généralement condamné au bûcher.

— Eh bien, le feu, comme le Phénix.

— Tes bravades seraient grotesques si elles n'étaient si tragiques.

— Au nom de cette prétendue justice, Pylade a voulu m'impliquer dans des tragédies – dans plus d'une acception. Si je m'étais laissé prendre dans ses filets, et par conséquent dans les tiens, alors là, oui, je serais tragique.

— Tes insinuations ont aussi peu de valeur que les boniments d'un histrion – qui, du reste, ne bonimentera plus jamais, des mesures ont été prises à cet effet.

— Sûrement que de telles méthodes jouissaient déjà d'un grand crédit il y a dix ans quand on m'a arrêté dans la maison de Manlius Theodorus.

— N'oublie pas que l'on t'y a surpris en train d'enterrer ce qui restait du sacrifice d'un coq. Dans des circonstances qui constituaient des preuves accablantes.

— En effet, on avait sacrifié aux dieux.

— Et bien entendu, tu as aidé Manlius à s'enfuir à temps.

— Il arrive que l'on fasse quelque chose pour ses amis. On les aide, même si l'on a tout lieu de soupçonner qu'un délateur n'est pas étranger à l'appel qui vous parvient, comme cette nuit.

Le préfet va et vient le long de la grille. Le prisonnier est maintenant contre les barreaux ; la lueur des torches tombe sur son visage, masque sale, barbu du miséreux, du criminel en rupture de ban. Le préfet ne parvient pas à se remettre en mémoire l'autre visage, celui d'autrefois, auquel il a pensé ce matin.

— Il arrive que l'on fasse quelque chose pour ses amis, dis-tu. Qui le sait mieux que moi ? Combien de fois ne t'en ai-je pas donné la preuve ? Aujourd'hui, je peux encore faire quelque chose pour toi. Autrefois, tu refusais de te rendre à la raison, de te convertir. Peut-être que maintenant je peux t'aider à retrouver le meilleur de toi-même, à sauver ton âme. Je n'ai pas perdu l'espoir. Cet écrit de ta main, qu'ils m'ont remis, respire l'amertume. Rome n'est pas perdue. Ecoute. Seule la foi a le pouvoir de nous libérer, de réveiller les morts, d'insuffler la vie à un passé révolu. Seule la vraie religion peut redonner une âme à la Ville et à l'Empire, réaliser la paix, l'ordre, la justice, la gloire. Toutes les résistances seront vaincues, broyées, réduites en cendres dans l'embrasement de notre zèle puisque en dépit de la Rome idolâtre, une Rome nouvelle se dresse déjà, pour ceux qui ont des yeux pour voir et des oreilles pour entendre...

— L'Etat Divin sur terre, mais un Etat d'où a été chassé l'esprit saint ? Ce qui reste alors, c'est l'Etat déifié.

— Tes propos sentent le fagot. Dans ton manuscrit, tu parles de certaines personnes de ta connaissance vivant dans la Subure, qui sont des adeptes de l'arianisme. Cela ne manquerait pas d'intéresser un tribunal ecclésiastique. Je ne m'estime pas qualifié pour statuer sur ce genre d'affaires.

— Mon sort est entre les mains du préfet de la Ville.

— Tu reconnais que je suis puissant.

— Très puissant. Malgré la venue des Goths, ou peut-être justement grâce à elle, ta carrière a suivi une trajectoire impressionnante.

— Au contraire de la plupart de tes anciens amis, je me suis démis de mes fonctions au moment de l'occupation de la Ville.

— Cela te laissait plus de temps libre pour la gestion de tes affaires.

— Toujours ce ton cinglant, hein ! J'ai géré mes biens, fait le nécessaire pour mes subordonnés, porté les responsabilités inhérentes à ma classe, tandis que toi, qui as risqué ta peau pour revenir dans la Rome occupée, tu te sentais à ta place – ce sont tes propres termes – dans la Subure, croupissant dans ce foyer de corruption puant.

— Le riche Hadrianus n'a-t-il pas fait des placements intéressants dans les cages à lapins de ce quartier-là ? La location de cette puanteur rapporte une fortune.

— Tu n'as pas changé. Une fois de plus, tu ne songes qu'à me tourner en ridicule et à salir ma réputation.

— Faire main basse sur le bien d'autrui. Réduire les "curiales*" au désespoir pour ensuite exploiter leur misère. Acheter à vil prix les prisonniers de guerre barbares pour ensuite les revendre à profit aux exploitants des mines de cuivre. Acquérir pour une bouchée de pain les bouts de terre du paysan en faillite et les adjoindre à tes propres terres. Terroriser à coups d'amendes et de dispositions pénales les artisans qui peuvent tout juste gagner leur pain sec parce que toi et ceux de ton espèce, vous trouvez plus avantageux de faire faire le travail par vos propres esclaves. Et pendant ce temps-là, aller trois fois par jour, quand ce n'est pas davantage, s'agenouiller dans les basiliques et les chapelles et racoler des disciples pour une Rome nouvelle, touchée par la grâce.

— Autrefois, tu m'as adjuré de te pardonner tes sarcasmes que tu appelais des péchés de jeunesse. Escomptes-tu une nouvelle preuve de ma clémence ?

— Je n'escompte rien du tout. Dans mon apologie d'alors, je faisais appel à la bonne entente dont tu as toujours eu la bouche pleine.

— Ce n'est pas moi, c'est toi qui as ruiné cette entente. Qu'est-il advenu de celui-là à qui j'ai donné le nom de Claudius et qui me vouait un attachement respectueux et admiratif ? Car, ne le nie pas, tu m'as été reconnaissant de t'avoir délivré d'Olympiodorus.

— Je t'ai vénéré comme un dieu de lumière, un Mithras, un Hélios, c'est vrai.

— T'ai-je jamais témoigné autre chose que des bienfaits ?

— Un dieu qui souhaite être adoré comme on adore le soleil ne doit pas approcher ses adorateurs de trop près.

— Qui parle d'adoration ? La protection que je t'ai offerte était désintéressée, à la différence de cette brute, cet animal...

— Lorsque Olympiodorus – pire qu'une bête, crois-moi, parce que conscient de ses actes, nécromancien, tortionnaire lubrique, imposteur et bien d'autres choses encore – a compris que j'étais inapte à satisfaire sa libido, il m'a offert un travail dans sa bibliothèque afin que je puisse, sans en rougir, accepter son hospitalité aussi longtemps qu'il le faudrait.

— Oses-tu me comparer, *moi*, à Olympiodorus ? As-tu jamais eu lieu de rougir de honte dans ma maison, en ma compagnie ?

Les gardes porteurs de flambeaux, sous la voûte centrale sur laquelle débouchent toutes les cellules, entendent derrière eux la voix du préfet et du prisonnier. En vigiles rompus à la discipline, ils s'efforcent de ne pas écouter ce qui se dit. Ils ne peuvent quitter leur poste, doivent tenir haut les flambeaux, pour permettre à la lumière de pénétrer jusqu'à l'intérieur de la cellule. Ils pensent à d'autres choses ; ni les procès, ni les problèmes personnels des détenus ou des fonctionnaires ne les concernent. C'est seulement lorsque le préfet émet un ordre qu'ils se retournent automatiquement et se mettent au garde-à-vous.

— Qu'on fasse venir la fille Urbanilla.

Le prisonnier, qui a vue sur le couloir conduisant aux cachots attenants, aperçoit un vague éclat de lumière, entend un cliquètement pareil à celui d'innombrables plaques métalliques. C'est la Grande Déesse, dans un archaïque vêtement à panneaux, les seins et les bras couverts de bijoux en or, les yeux peints pour former deux grands ovales qui fixent le vide, comme ceux d'une statue. Elle ressemble aussi – il retient sa respiration – à Serena lorsqu'elle sortit du temple en chancelant, coupable et victime, déjà vouée à la mort sans le savoir, les mains soulevant le joyau volé.

La voilà qui s'immobilise, tout près de lui : la comédienne Urbanilla, dans sa mise débraillée, pâle, avec ses yeux trop grands, ses tresses sales et poisseuses en bataille. Les rangs de boules dorées jettent leurs feux au rythme de sa respiration, mais elle n'a pas peur. D'un geste brusque, elle se dégage de la poigne du garde, se frotte le gras du bras.

Le préfet ne daigne pas la regarder. Dans une grimace de dégoût, il se tourne à nouveau vers l'homme derrière les barreaux.

— Voyons maintenant ce qu'il en est du rouge de la honte dont tu parlais tout à l'heure. Soumettons tes aspirations et tes plaisirs raffinés à une expérience. (A Urbanilla.) Je te préviens, tu te verras infliger la question si je remarque que tu mens. Tu connais cet homme ?

— Oui, le maître d'école.

— Comment l'as-tu connu ?

— Par mon patron.

— Tu l'as vu dans la Subure. Qu'a-t-il dit ?

— Il a parlé du soleil, de la lune, des étoiles. Et puis aussi, d'un type sur un radeau en mer, un géant avec un seul œil. Des peuples noirs qui chassent l'éléphant. Et puis encore de... d'un certain Sénèque ou un nom comme ça.

— A toi ?

— Aux garçons qui étaient là.

— Quels garçons, où ?

— Sous l'auvent, à côté du marché aux fruits, où il leur donne des leçons.

— Ce que je veux savoir : qu'est-ce qu'il t'a dit quand tu étais chez lui, dans l'insula Julia ?

— Qu'est-ce que j'en sais !

— Que te voulait-il ?

— Rien.

— Il a couché avec toi ?

— Non.

— En tout cas, il t'a caressée, lutinée.

— Non.

— C'est tout de même pour ça que tu venais ?

— On m'avait envoyée.

— Ne va pas me faire croire que tu n'as pas réussi à le séduire. Une fille comme toi connaît la musique.

— Je ne voulais pas. Pas avec lui.

Le préfet s'excite. Dans l'attitude des gardes, il décèle l'ombre d'un changement. Ils ont toujours le même maintien correct, rigide, mais il les devine très conscients de la présence de cette femme à demi nue, déconcertés par la nature de cet interrogatoire, riant sous cape, il en est sûr. Le pire de tout, pour le préfet, c'est la présence silencieuse de l'autre, dans son antre grillagé, sans qui cette intervention si totalement dérogatoire n'aurait jamais eu lieu. Il a l'impression de sortir d'une comédie de Plaute, d'être grotesquement déplacé, dans sa tenue officielle, entre un poète dépravé et une fille de joie, trahissant à chaque mot ce qu'il ne veut trahir à aucun prix, ridicule, pire encore peut-être, pitoyable dans son emportement. Il est descendu sous les riches salles claires, symétriques, qu'il n'aurait jamais dû quitter. Bon gré, mal gré, il lui faut maintenant descendre encore plus bas.

— Qu'attendait-il de toi ? Des aphrodisiaques, des pratiques obscènes ?

— Bien sûr que non.

Cette réponse négative après tant d'autres, ce ton d'indifférence mettent le préfet hors de lui. Il est pris de vertige lorsqu'il prend conscience de l'erreur irréparable qu'il vient de commettre. En même temps, d'une voix que la rage rend méconnaissable, il hurle à l'adresse de la fille :

— Tu mens ! Tu as fait ce que tu voulais de ce mec-là comme de tous les autres !

Le regard d'Urbanilla va du préfet au prisonnier, revient au premier ; elle prend son temps, baisse les paupières sur un regard qui sait :

— Ce n'est pas un mec.

Et bougeant le coude dans la direction des gardes :

— C'est pas comme ceux-là.

Le préfet s'abstient de lui demander ce qu'elle entend par là. La tête lui tourne, il est assailli d'impressions qu'il ose à peine reconnaître. (Le prétoire d'Alexandrie, la silhouette de l'étudiant Klafthi au milieu des jeunes éphèbes qui entourent Olympiodorus. A l'époque déjà, se mêlant à l'indignation, une sorte d'ivresse.) La stupide créature Urbanilla lui inspire soudain une sorte d'indifférence proche de la générosité ; elle est sans intérêt, un interrogatoire précédent, mené par le commandant Aulus Fronto, a révélé qu'elle n'avait rien compris au rôle que lui faisait jouer Pylade, elle ne sait rien, n'est rien, non, elle n'est pas dangereuse. L'étrange satisfaction qu'il repousse encore lui permet entre-temps de retrouver sa dignité. Personne n'est assez près de lui pour percevoir le tremblement au coin de l'œil, le frémissement nerveux des lèvres.

— Emmenez-la.

— Où ça, Excellence ?

— Relâchez-la.

Les torches grésillent dans leur manchon ; sous le plafond bas, chaque geste, chaque mouvement projette des ombres vacillantes.

— Es-tu donc un païen si endurci que tu préfères la mort à la possibilité d'une conversion ?

— Condamné à la réclusion perpétuelle, je deviendrais du même coup un anachorète, un ermite emmuré. Voudrais-tu par hasard faire des cachots de la préfecture un lieu de pèlerinage ? Après ma mort, distribuer des ossements aux fidèles ? Cette perspective ne me tente pas.

— Tu ironises. Tu n'éprouves que défiance et mépris pour tout ce que moi et des milliers d'autres, nous avons de plus sacré. Si tu avais ici, devant toi, un échiquier, tu ne me regarderais même pas mais tu avancerais les pièces en détournant la tête, tandis que je te parle.

— Tu rêves tout haut. Tu ne sais pas à qui s'adresse ton discours.

— J'ai pensé à lui, ce matin. Maintenant, je comprends pourquoi.

— Un échiquier : Eliezar ? Je n'ai jamais vu personne d'autre que lui jouer aux échecs. J'ignorais que je lui ressemblais. Peut-être que ceux qui sont nés esclaves finissent par ressembler à leurs maîtres. Un stigmate de la nature, en quelque sorte.

— C'est exactement cela. Il a empreint ton esprit, ton sang. *Tu es son petit-fils.*

Quelque chose semble soudain écraser le préfet, on dirait que ses épaules ploient sous un lourd fardeau qui s'enfonce dans sa poitrine, lui broie le cœur : un bloc de marbre ou de granit arraché à un relief. Une voix ténue, lointaine le plaint, ou se l'imagine-t-il seulement ? Deux doigts de pierre, plus grands que nature, le traversent avant de s'élever comme pour prêter serment.

L'autre reste figé derrière les barreaux. Lorsqu'il parle enfin, sa voix est à peine audible :

— *Son* petit-fils ? Alors, jamais esclave ?

— L'un et l'autre ; petit-fils et esclave par la mère.

— Qui te l'a dit et quand ?

— Eliezar ben Ezekiel lui-même, le jour où il t'a affranchi par testament.

Le prisonnier recule, s'éloigne de la grille, se retire dans les profondeurs du cachot où il se tenait au début de l'entretien. Maintenant, c'est le préfet qui s'agrippe aux barreaux de fer, qui presse son visage contre eux pour pouvoir encore discerner l'autre, saisir quelque chose de sa présence dans l'obscurité.

— Il convient de clore par un testament une existence qui a commencé par un testament. Donne l'ordre qu'on m'apporte de quoi écrire.

— Tu ne mourras pas, tu en es loin.

— Tu n'as pas réussi à être maître de ma vie, ne crois pas que tu puisses décider de ma mort.

— Tu oublies où tu es, qui je suis.

— Je sais ce que *moi* je suis.

— Claudius, au nom du Seigneur, amende-toi.

— Je ne veux plus de ce nom. Donne-moi du papier, une plume.

— Ton testament, tu l'as fait il y a dix ans, tu as légué ton œuvre poétique à Rome.

— Puisque je suis resté en vie, je souhaite aujourd'hui revenir sur cette disposition. Je veux faire un autre testament.

Indéniablement, la même voix, plus sourde mais empreinte d'une autorité naturelle. Elle reporte Hadrianus à l'époque des entretiens d'Alexandrie ; comme autrefois, il cède à quelque chose de plus fort que lui, capitule devant une conscience plus ancienne et plus profonde que la sienne. Quelques instants plus tôt, l'homme qui est à quelques mètres de lui dans l'obscurité lui apparaissait encore comme le prolongement de Klafthi, un Claudius changé certes, mais toujours reconnaissable dans son essence. Maintenant, c'est fini. La distance qui les sépare semble devenue infranchissable.

Le préfet se détourne, fait signe à l'un des gardes, lui ordonne d'apporter au prisonnier de la lumière et de quoi écrire.

Le préfet s'est fait reconduire à sa villa dans un palanquin, sous escorte armée. Après un bain et un repas pris à la hâte (seul, taciturne, servi par des esclaves qui se déplaçaient comme des ombres), il va et vient dans le péristyle pendant un bon moment. La lune se lève, rousse, d'abord déformée ; puis ses contours se précisent, un disque de lumière blanche. Dans le jardin, les feuilles des buissons commencent à luire. Quels motifs invoquer demain pour faire admettre que, cette fois-ci, la sentence habituelle ne sera pas prononcée ? Transférer le prévenu dans les cellules des condamnés à mort du Tullianum* en attendant l'exécution, prétendre l'oublier, et, en temps voulu, l'interner dans une maison d'arrêt plus vivable ? Laisser croire à tous, y compris au détenu, que la justice suivra son cours ? La justice ?

Une fatigue accablante s'empare soudain du préfet. Ses membres sont de plomb. Il ressent toujours ce poids dans la poitrine, s'allonge sur le lit de repos qui a été poussé jusqu'au bord du portique, tout près du bassin où la lune flotte parmi les plantes aquatiques. Il se souvient de Canopis, des nuits claires sur le Nil. Quelque chose, une feuille, un insecte, a frôlé la surface qui frémit, éclats argentés. Il a dû s'assoupir en fixant l'eau, l'espace d'un instant ; lorsqu'il se réveille en sursaut, la lune est à peine plus haut, par-dessus les toits. Il est moite, son cœur bat la chamade, il se dresse sur son séant. Le rêve qui l'a hanté la veille lui revient en mémoire, il croit savoir maintenant de qui venait l'appel lointain, par-delà la mer. Dans ce rêve, il était lui-même prisonnier des murs de basalte, l'autre le quittait, disparaissait à l'horizon. En réalité, c'est tout le contraire : le fuyard revenu comme par miracle et jeté au cachot. Mais je ne t'abandonnerai pas, dit tout haut le préfet. Il tressaille au son de sa propre voix, jette un regard alentour. Le silence règne dans les galeries. Il veut croire que le cri "Hadrianus" était un appel au secours. Au fond de lui-même, il sait qu'il n'en est rien mais il force son imagination à obéir à cette interprétation. Le navire ne s'éloignait pas, il se rapprochait. Lui-même n'était pas là, esseulé, destitué, il attendait. Cette attente est récompensée. Je ne t'abandonnerai pas. Je rendrai la justice en usant de clémence. Justice ?

Qu'est-ce que la justice ? l'injustice ? murmure le préfet dans un effort désespéré, maintenant encore, pour substituer l'illusion à la vision redoutée. Il a baissé le ton. Ce qu'il dit est inconcevable.

En sa qualité de premier magistrat de la Ville, il ne peut ignorer les regulae juris*. Il se plaît à montrer qu'il les connaît ; pendant les audiences, il agrémente volontiers son argumentation de citations. En ce moment, sa mémoire prend parti contre lui, lui dicte ce dont il a le moins besoin dans la circonstance, l'antique règle relative aux questions de justice et d'injustice, belle maxime, purement théorique, à ciseler dans le marbre : Mieux vaut innocenter un coupable que de s'exposer à condamner un innocent.

Une voix intérieure tente de corroborer les innombrables décisions, contraires à cette règle d'or, qu'il a prises dans le passé. Est-ce injustice que de condamner un athée pour un crime qu'il n'a pas commis ? Son impiété ne suffit-elle pas à le rendre coupable par définition ? Qui niera que sa seule existence soit pernicieuse, que chacun de ses actes soit un crime ? Est-il injuste d'aider à la condamnation d'un tel sujet en le faisant passer pour coupable lorsqu'il s'agit d'épurer l'Etat et la société ad majorem Dei gloriam* ? Le magistrat n'a-t-il pas le droit de prendre des mesures préventives ? Les empereurs n'ont-ils pas, justement sur ce point, accordé à la justice une plus grande liberté d'action à coups d'édits et de décrets ?

Le préfet se lève ; il est aveuglé par le double éclat de la lune, là-haut dans le ciel et dans l'eau, à ses pieds. Il s'enfonce dans les profondeurs de la maison, s'attarde, indécis, dans l'une des salles entre le péristyle et le propylée. Il estime que, cette fois-ci, il est fondé à modifier le verdict. Qui plus est, il lui est impossible d'exécuter la sentence. Il n'empêche qu'aucun code ne contient la moindre formule qui lui permette de rendre sa décision acceptable sans que, du même coup, tant de décisions antérieures soient désavouées, cessent d'être… ou de paraître l'expression de la justice. De la galerie (d'une sobriété trompeuse : les sièges sévères sont en ivoire, les lampes sans ornements sont en argent massif), il contemple, au loin, l'éclat bleu entre les colonnes. Il se persuade qu'il sait pourquoi il a ce droit, il ne doute pas. Dans de tels instants, le train de vie qu'il mène, qu'il est obligé de mener, pense-t-il, pèse lourdement sur ses épaules. Ce qui l'a si souvent rempli de satisfaction, la contemplation de ses trésors, la conscience d'être servi avec la plus grande soumission et le plus grand soin, le contrarie, parce qu'il n'en ressent que mieux sa solitude.

Tu apprendras à prier, comme je vais maintenant prier, dit-il à mi-voix dans le silence, à cet autre qui ne peut l'entendre, séquestré dans son cachot de la préfecture. Tu maudiras d'abord l'obscurité et l'isolement mais, plus tard, tu me sauras gré de t'avoir tracé la seule voie qui puisse t'ouvrir les yeux. Car tu verras enfin que le monde n'est qu'apparence, qu'un désert qui sépare l'homme du vrai Salut. Si tu es désespéré, si tu as besoin d'un guide, je serai là. En ma qualité de préfet de la Ville je prends un grand risque. Je t'en prie, mesure jusqu'où va l'amitié que je te porte.

Son entêtement à vouloir sauver l'autre, rétablir l'entente de la première heure, mais aussi le dégoût récurrent que lui inspire son entourage font naître et se développer à la vitesse de l'éclair une perspective toute nouvelle. Dans les collines brunes et vertes de l'Ombrie, un monastère isolé. Si cet autre, un jour, plus tard, après des années de résipiscence, renonce à sa liberté terrestre, si lui-même, une fois sa tâche administrative accomplie, est capable de choisir librement une vie hors du monde, peut-être alors trouveront-ils tous deux un refuge dans la pieuse communauté des cénobites. Faire pénitence, trouver le Salut. La victoire complète.

Une autre image s'impose à lui : le visage flétri d'Eliezar ben Ezekiel, dans l'ombre, ses hochements de tête à peine perceptibles, ses yeux douloureusement clos lorsque lui, Hadrianus, lui lisait le poème sur le Phénix. Il se rappelle le sentiment de triomphe à peine tempéré de pitié qu'il a éprouvé en voyant Eliezar mourant, capituler, abandonner sa réserve habituelle, reconnaître sa valeur. Car c'était bien de cela qu'il s'agissait, sinon eût-il confié à un étranger ce secret, la source de son inquiétude et de ses doutes ?

Eliezar gît depuis plus de vingt ans dans sa tombe. S'il était encore en vie, comment réagirait-il à la vue de ce famélique maître d'école de la Subure, sa réplique ?

Dans la tiédeur du soir, le préfet est saisi de frissons. Il sait bien pourquoi son corps lui semble de pierre. Il voudrait qu'un long cri pût jaillir de sa poitrine pour rappeler l'Hadrianus d'autrefois, celui qui n'était pas encore sclérosé, que n'avaient pas encore souillé l'injustice et le parjure. Dans le silence de sa demeure de marbre, il croit comprendre enfin le sens de son rêve.

Il passe le reste de la nuit dans son oratoire, espace nu, fermé, sans fenêtres, une cellule, à marmonner des obsécrations.

Les étoiles pâlissent déjà lorsqu'il réapparaît dans la galerie. Il éveille un esclave, mande son secrétaire, l'envoie, malgré l'heure matinale, au palais de Justice avec une mission urgente. Adossé au divan – dans le jardin, les fleurs et les massifs reprennent leurs couleurs –, il savoure le plaisir d'une décision prise de haute lutte avec lui-même.

Claudius, tu seras bien obligé de reconnaître ce que tu as toujours farouchement nié, que je suis ton ami et ton bienfaiteur, que je t'aide dans le malheur, que je fais un immense sacrifice pour ta liberté. Nul ne s'est jamais montré aussi généreux envers toi. Tu ne peux pas ne pas être convaincu après ce que je vais faire pour toi. Tu auras la preuve que ta résistance repose sur une méprise. Tu croyais que j'agissais par intérêt, poussé par Dieu sait quelle tyrannique dépendance. Mais je suis le souverain maître de mes sentiments. Je te rends ta liberté, tu ne seras pas poursuivi. Va en paix. De nous deux, j'ai été le plus fort, comme j'ai été plus fort qu'Eliezar. Où que tu sois, quoi que tu fasses, tu ne m'échapperas plus. Ta conscience, tout ce qu'il y a en toi de meilleur resteront à jamais liés à moi.

Au petit jour, épuisé, il a été vaincu par le sommeil. Hadrianus ! Flottant entre la veille et le rêve, il éprouve une délicieuse sensation de bien-être, comme le malade qui sait qu'il guérira. Hadrianus ! Clarissime ! La voix de son secrétaire, au pied du divan. Il va maintenant apprendre que Marcus Anicius Rufus et ses amis ont été arrêtés et conduits à la préfecture pour être jugés selon la procédure d'urgence. Un instant, un rêve confus a intercepté son conscient, juste au seuil où la souffrance et l'angoisse refoulées deviennent images. Il ne sait plus ce que c'était, ne veut pas le savoir. Il ouvre les yeux. Effectivement, son secrétaire est là, devant lui. Mission accomplie. Des tablettes de cire, remises la veille sur ordre du préfet au prisonnier maintenant libéré, ont été retrouvées, écrites, dans le cachot.

Le secrétaire – correct comme toujours mais avec quelque chose de distant dans l'attitude et le geste que le préfet ne lui connaissait pas jusqu'ici – dépose les tablettes scellées au pied du divan avant de se retirer en saluant d'une inclination.

Eliezar, père, en manière de salutation et d'hommage posthume, je vous dédie ce testament qui n'en est pas un puisque je n'ai rien à léguer. Vous, je vous appelle père : vous êtes la source de ma vie, l'artisan de mon existence. Votre fils, mon géniteur, vit à Alexandrie, inaccessible, il ne m'est rien, je ne lui suis rien. Vous qui n'êtes plus, je ne peux vous rejoindre qu'en moi-même. Je vous ai à peine connu. Vous étiez pour moi le vieillard, le seigneur du domaine, détenteur d'une immense richesse en biens et en savoir, le maître sage et sévère, la toile de fond naturelle de mon existence. Vous aviez tout pouvoir sur mon avenir. Un jour que je vous croisais dans l'oliveraie, vous avez fait un geste, comme pour poser vos mains sur ma tête. Mais vous vous êtes ressaisi, vous m'avez simplement fait un signe de la main. Je vous craignais, je vous respectais ; mais chaque fois que je vous voyais converser avec le contremaître ou l'intendant, avec les valets, esclaves ou affranchis, les femmes et les enfants, prêtant à tous une oreille attentive, parlant toujours avec la même pondération, même lorsqu'il s'agissait d'une remontrance ou d'une punition, j'éprouvais un sentiment indéfinissable, un mélange de désespoir et d'agressivité, un instinct de provocation, le besoin de vous voir vous départir de cette patience et de cette maîtrise, de vous contraindre à adopter une attitude qui pût justifier le courant sous-jacent de haine qui était en moi. Je n'ai ressenti aucune gratitude lorsque, après le jeu sanglant avec le coq, vous ne m'avez pas puni mais envoyé à l'école en ville. Les leçons m'ont fait oublier ma rancune. Je ne pensais plus à vous. Je vénérais le recteur Claudianos qui m'apportait le savoir et, par ce savoir, un sentiment de dignité. C'est sa mort à lui qui m'a fait comprendre que j'étais seul au monde.

Peut-être, après tout, savais-je inconsciemment ce que personne ne m'avait jamais dit jusqu'à ce jour. Chair de votre chair, sang de votre sang et, en même temps, irrévocablement rejeté, exclu. Qui sait si je n'ai pas tenté de prouver, par mes actes et mes ambitions, mon droit à l'existence. Je cherchais ce que je n'ai jamais vraiment eu, un père : un exemple, des racines. Dans les bas-fonds d'Alexandrie, au royaume de la magie noire, j'ai trouvé un père-dans-le-mal, Olympiodorus. Je voulais faire mienne la puissance démoniaque

que je lui prêtais. Plus tard, j'ai vu des figures de père dans des hommes que je croyais sages, équilibrés, intègres. A chaque fois, une autre image de moi-même comme "fils", donc une autre forme de dépendance, c'est-à-dire, au bout de quelque temps, une autre forme de révolte et par là même, la nécessité de me détruire aussi moi-même pour pouvoir continuer à vivre.

Aujourd'hui, j'ai voix au chapitre. J'ai passé l'âge d'être le fils de quelqu'un. Finis, le dévouement inconditionnel, l'identification. Je ne veux pas non plus, par mépris ou honte de mes actes, brûler ce que j'ai adoré. Etre adulte, indépendant, cela signifie avoir le courage de soumettre à un examen lucide et sévère ses propres actes aussi bien que ceux d'autrui, de relever le défi que cachent la suffisance, l'amour-propre, la prétention à l'infaillibilité de chacun de nous. Après la courte et prometteuse révolte placée sous le signe du Poisson (en dépit des formes rigides imposées par la Loi et le Pouvoir, l'Etat et la Foi, et malgré la sclérose intérieure), Rome a, semble-t-il, opté définitivement, il y a trois cents ans, pour le Fils, image de l'asservissement, cruelle méprise. Car, que symbolise-t-il, dans sa longanimité, cet être réduit à l'impuissance qui, les bras écartés, cloués sur la croix, ne pourra plus jamais serrer sur son cœur ceux qui souffrent, ni lever le poing, dans son courroux, contre les persécuteurs et les spoliateurs ? La résignation a été déclarée sacro-sainte. Qu'en résulte-t-il ? Que la main gauche ignorera ce que fait la main droite. Que l'épée sera levée contre celui qui mériterait sollicitude et consolation. Que, pendant des siècles et des siècles, la terre pourra être brûlée, la vie méprisée, l'humanité broyée, réduite à des lambeaux sanglants. Que l'on tolérera sans broncher la torture, l'esclavage, la faim. Qui osera imposer une autre conception du Fils pour que nous ne succombions pas à la toute-puissance d'une autorité qui fixe ces normes charismatiques et inhumaines ?

Où chercher le sens de la vie sinon ici-bas, dans ce séjour dit temporel, dans l'existence, sur terre, de cet être doué de raison : l'homme. Je ne crois ni aux miracles, ni à la résurrection d'entre les morts, encore moins à la montée aux cieux. Mais je sais qu'une attention à la fois humble et combative pour les vivants, une soif de justice peuvent s'incarner dans un homme parmi les hommes. Seul celui qui aime et comprend ses semblables, avec leurs peines et leur ignorance, qui sait quelle volonté de fer la vraie commisération exige dans un monde gouverné par l'argent et la violence, seul celui qui s'engage, corps et âme, pour faire que l'absurdité, l'injustice d'être né "fils de personne" prennent un sens, celui-là seul est novateur, donne la vie.

Eliezar, vous m'avez inséré dans le monde, d'abord à Alexandrie et de là (votre expérience des hommes, votre sagacité ont dû vous permettre de prévoir les conséquences de certaines combinaisons) à Milan et à Rome, vers la gloire et les honneurs puis vers les humiliations et l'oubli – peut-être pour m'apprendre à devenir le fils révolté en quête d'une place au soleil, qui fût profitable non seulement à moi-même mais à d'autres. Pendant dix ans, j'ai enseigné dans la Subure pour survivre, parce que je ne sais rien faire d'autre que manier la langue et interpréter les textes. Ces leçons avaient pour seul but d'apprendre à quelques artisans comment, à l'avenir, vanter leurs produits autrement que par des signes maladroits, comment faire le compte de leurs dépenses et de leurs revenus. A une poignée de manutentionnaires et de porteurs habitués à poser un regard impuissant sur des inscriptions indéchiffrables pour eux, je donnais les moyens de les lire, espérant qu'un jour, peut-être, ils se laisseraient moins docilement traiter comme des bêtes de somme, comme le paillasson des puissants.

Je sais que la nature humaine porte en elle un embryon de force créatrice, le germe de la personnalité. En ce sens, tout être est un poète virtuel, même Urbanilla peut-être, fleur de lupanar abêtie et fanée, mais aussi enfant curieuse et cruelle. La vraie puissance sur terre est dans le principe de la poésie. Seule la vision poétique, dans laquelle les choses s'éclairent et se répondent, fait que la vie mérite d'être vécue. S'il me restait du temps à vivre, j'essaierais de réaliser ce que je commence à comprendre. Quelqu'un – Marcus Anicius Rufus, je suppose – a réussi à me faire parvenir un flacon contenant quelques gouttes de poison, service d'ami d'un Romain de la vieille école, pour m'épargner l'humiliation d'une exécution "dans l'esprit de la loi". Mais le pouvoir suprême semble me réserver un autre sort que la mort. Selon celui qui, sans s'en douter, a été votre instrument le plus parfait parce qu'il n'a cessé d'attiser en moi l'esprit de révolte, il faut que je devienne ce que j'aurais dû être depuis toujours : un séquestré à perpétuité. Grâce à ce cadeau, je peux, une ultime fois, me soustraire à son emprise. Choisir la mort est aussi une forme de révolte.

Un testament, donc. Une dernière disposition. Je ne possède rien de plus que la volonté de renaître de mon ancien moi, comme le Phénix. Cet élan, je vous le dédie, Eliezar, mon père. Je ne fais qu'un avec vous et je suis pourtant, irrévocablement, un autre. Vous m'avez abandonné, maintenant je vous quitte pour toujours. Je vous aime et je vous rejette. Adieu.

Lorsque le préfet, beaucoup plus tard que de coutume, entre dans le prétoire aux dalles de marbre noires et blanches et voit devant lui ses administrateurs, écrivains, assesseurs et appariteurs rangés en demi-lune sur l'estrade, il prend pleinement conscience de la signification de ce qu'il a fait ce matin-là. Ses décisions n'engagent pas que sa responsabilité personnelle : il représente une structure qui commence au plus bas niveau par les soldats de la garde et se termine au sommet par l'empereur lui-même. S'il manque à ses devoirs, il sape le prestige de la majesté impériale, fait trembler sur ses assises l'appareil, aux multiples ramifications, de la justice et de la police. Le discours qu'il a formulé dans le silence de la nuit pour expliquer cette mise en liberté ("la sentence prononcée il y a dix ans doit être révoquée, la culpabilité de l'inculpé n'ayant pu être établie de manière concluante") met en cause tout le système de poursuites pour divination, oblige notamment à étaler au grand jour le recours, inévitable dans ce genre de procès, aux pratiques des délateurs et des provocateurs. A la nature du silence qui l'entoure, le préfet devine que, dès avant son arrivée, tout a déjà été discuté ; les attitudes, les regards laissent percevoir une tension contenue. Il prend place, avance le pied droit, chaussé du rouge sénatorial, jusqu'au bord de l'estrade, arrange les plis de sa toge. Dans l'intervalle, il se rend compte que, contrairement à l'usage, il n'a ni demandé ni reçu communication des pièces relatives aux affaires à traiter.

A la porte, apparaissent le commandant Aulus Fronto et ses hommes, qui se pressent autour de lui. En soi, rien d'extraordinaire, le détachement de la garde prétorienne qui a procédé aux arrestations étant tenu d'assister à chacune des séances. Cette fois-ci, cependant, le commandant ne prend pas place sur un des côtés de la salle mais reste devant l'estrade, sur les méandres de mosaïque. Il réclame la parole.

— Dans la cellule du prisonnier libéré a été trouvée une fiole scellée qui, après examen, s'est révélée contenir un poison violent. Le suspect n'était pas en possession de ce flacon lors de la fouille exécutée sur sa personne, après son arrestation, hier après-midi. Il s'ensuit qu'il a dû lui être remis plus tard en cachette. Moi, Aulus Fronto, commandant du troisième détachement de la garde prétorienne, responsable de toute irrégularité dans les cachots souterrains, j'estime de mon devoir de rapporter ce fait.

L'un des gardes tend maintenant au préfet une fiole en verre opaque. Machinalement, il l'approche de son visage, en respire l'odeur d'amandes amères. L'air absent, il roule le fragile flacon entre ses doigts tandis que le commandant poursuit : "Ce matin, au lever du soleil, sur ordre de l'illustre Hadrianus, préfet de la Ville, j'ai ouvert les portes de la prison pour rendre sa liberté au dénommé Niliacus. Le préfet a le pouvoir de faire cesser, faute de preuves, les poursuites engagées contre l'homme appréhendé sur le terrain avoisinant la villa de Marcus Anicius Rufus et subséquemment interrogé. Toutefois, attendu que le dénommé Niliacus n'est autre que le poète Claudius Claudianus, jadis condamné à la peine de l'eau et du feu mais revenu, depuis, sur le territoire qui lui avait été interdit sous peine de mort, le préfet aurait dû, dans ce cas, exécuter la sentence habituelle. Moi, Aulus Fronto, commandant du troisième détachement de la garde prétorienne, je dois obéir aux ordres de mon supérieur hiérarchique, mais je ne peux accepter de contribuer, par mon obéissance, à contourner et à violer la loi. En conséquence, je demande à être démis de mes fonctions."

Le préfet occupe toujours le siège d'honneur en ivoire, réservé au plus haut magistrat de la Ville. De chaque côté de lui, les licteurs tiennent toujours haut levés les faisceaux, symboles de son rang. Mais il n'est déjà plus que cendres qu'un souffle de vent suffit à balayer, et il le sait. Derrière lui, l'agitation et les murmures sont les marques d'une hostilité indéniable. Les coups frappés avec l'anneau sigillaire ne pourront plus jamais rappeler ce monde à l'ordre. Le visage du commandant Aulus Fronto, soldat exemplaire, ne trahit aucune émotion, mais son attitude montre que rien ne le fera changer d'avis. Il se tient là, jambes écartées, menton levé, personnification des principes sévèrement défendus depuis de nombreuses années par le préfet lui-même ; produit parfait des convictions et du comportement de ce dernier, esprit de son esprit, soutien inconditionnel de la doctrine, nouvelle génération d'ordre et de discipline, le vrai fils.

Le préfet reste confondu ; certes, il savait qu'il n'était pas aimé, mais il n'avait jamais mesuré l'ampleur de cette aversion.

Il reconnaît en lui les signes du désespoir. Il est acculé au mur de basalte, la situation est sans issue. Par-dessus les édifices de l'ancien temple de Tellus, à travers les petites fenêtres haut placées, lui parviennent du dehors les rumeurs de Rome, pareilles au bruissement d'un océan qui roule ses vagues sur des myriades de galets.

Il suffit d'un simple geste : porter à ses lèvres le mince flacon de verre. Une odeur d'amandes amères.

GLOSSAIRE

Ad majorem Dei gloriam : pour la plus grande gloire de Dieu.
Ad memoriam sempiternam : en souvenir éternel.
Atrium : salle d'entrée ; portique d'un temple.

Clarissimi : excellences, altesses, etc. *(clarissimus* : titre donné à l'époque impériale aux gens de qualité).
Claudiani Opera : Œuvres de Claudianus.
Clivus capitolinus : le chemin du Capitole (et) la colline du Capitole.
Comes sacrarum largitionum : haut fonctionnaire du Palais chargé de recouvrer les impôts sur les sanctuaires.
Consilium : délibération ; conseil.
Curiales : membres de la curie.

Divinatio : divination.

Gigantomachia : combat des géants et des dieux.

Homo novus : homme nouveau (qui ne descend pas d'une famille noble, et qui, exerçant le premier une magistrature curule, fonde ainsi sa noblesse).

Ignotus : inconnu.
Illustrissimi : les plus illustres.
Impluvium : bassin carré au centre de l'atrium où était recueillie l'eau de pluie qui passait par le compluvium ; en général, cour libre intérieure.
Insula : îlot de maisons (à usage de location).

Latinitas : latinité ; langue latine correcte.
Libanios : rhéteur célèbre du IVe siècle.
Ludi magister : maître d'école.

Magister militum : chef suprême de l'armée.
Magister officiorum : chef de la chancellerie.
Magna Mater : la Grande Déesse, Cybèle.
Nobilissimi : altesses impériales.
Notarius : secrétaire ; sténographe.

Palla : manteau de femme ; aussi grande écharpe, mantille.
Popina : auberge, taverne, cabaret.
Praefectus praetorio Orientis : préfet du Prétoire dans l'Empire d'Orient.
Praegloriosissimo poetarum : le plus glorieux des poètes.
Progymnasmata : recueil d'exercices.
Regulae juris : les règles du droit.

Sacrificium : sacrifice.
Secretarium : salle d'assemblée des juges, tribunal secret.
(Klafthi) Servus meus liber esto : Que mon esclave Klafthi soit libre !
Stola : stole, longue robe.
La Subure : quartier populeux, bruyant, avec des tavernes mal famées.

Tablinum : galerie, salle séparant le péristyle de l'atrium.
Tepidarium : salle où l'on prend des bains tièdes.
Triclinium : salle à manger ; aussi : lit de table pour trois, quatre ou cinq personnes.
Tullianum : cachot de prison d'Etat.

Volumen : rouleau de manuscrit.

TABLE

BABEL

Extrait du catalogue

430. FÉDOR DOSTOÏEVSKI
Un cœur faible

431. NANCY HUSTON
L'Empreinte de l'ange

432. HELLA S. HAASSE
La Source cachée

433. HERBJØRG WASSMO
La Chambre silencieuse

434. FRANÇOISE LEFÈVRE
La Grosse

435. HUBERT NYSSEN
Le Nom de l'arbre

436. ANTON TCHEKHOV
Ivanov

437. ANTON TCHEKHOV
Pièces en un acte

438. GÉRARD DE CORTANZE
Les Vice-Rois

439. ALICE FERNEY
Grâce et dénuement

440. ANNE-MARIE GARAT
L'Insomniaque

441. FÉDOR DOSTOÏEVSKI
Humiliés et offensés

442. YÔKO OGAWA
L'Annulaire

443. MENYHÉRT LAKATOS
Couleur de fumée

444. ROGER PANNEQUIN
Ami si tu tombes

445. NICOLE VRAY
Monsieur Monod

446. MICHEL VINAVER
Ecritures dramatiques

447. JEAN-CLAUDE GRUMBERG
La nuit tous les chats sont gris

448. VASLAV NIJINSKI
Cahiers

449. PER OLOV ENQUIST
L'Extradition des Baltes

450. ODILE GODARD
La Cuisine d'amour

451. MARTINE BARTOLOMEI / JACQUES KERMOAL
La Mafia se met à table

452. AMADOU HAMPÂTÉ BÂ
Sur les traces d'Amkoullel l'enfant peul

453. HANS-PETER MARTIN / HARALD SCHUMANN
Le Piège de la mondialisation

454. JOSIANE BALASKO *et alii*
Le père Noël est une ordure

455. FÉDOR DOSTOÏEVSKI
Premières miniatures

456. FÉDOR DOSTOÏEVSKI
Dernières miniatures

457. CH'OE YUN
Là-bas, sans bruit, tombe un pétale

458. REINALDO ARENAS
Avant la nuit

459. W. G. SEBALD
Les Emigrants

460. PAUL AUSTER
Tombouctou

461. DON DELILLO
Libra

462. ANNE BRAGANCE
Clichy sur Pacifique

463. NAGUIB MAHFOUZ
Matin de roses

464. FÉDOR DOSTOÏEVSKI
Le Bourg de Stépantchikovo et sa population

465. RUSSELL BANKS
Pourfendeur de nuages

466. MARC de GOUVENAIN
Retour en Ethiopie

467. NICOLAS VANIER
Solitudes blanches

468. JEAN JOUBERT
L'Homme de sable

469. DANIEL DE BRUYCKER
Silex

470. NANCY HUSTON
Journal de la création

471. ALBERTO MANGUEL
Dictionnaire des lieux imaginaires

472. JOYCE CAROL OATES
Reflets en eau trouble

473. ANNIE LECLERC
Parole de femme

474. FÉDOR DOSTOÏEVSKI
Les Annales de Pétersbourg

475. JEAN-PAUL JODY
Parcours santé

476. EDUARD VON KEYSERLING
Versant sud

477. BAHIYYIH NAKHJAVANI
La Sacoche

478. THÉODORE MONOD
Maxence au désert

479. ÉRIC LEGASTELOIS
Adieu Gadjo

480. PAUL LAFARGUE
La Légende de Victor Hugo

481. MACHIAVEL
Le Prince

482. EDUARD VON KEYSERLING
Eté brûlant

483. ANTON TCHEKHOV
Drame de chasse

484. GÖRAN TUNSTRÖM
Le Voleur de Bible

485. HERBJØRG WASSMO
Ciel cruel

486. LIEVE JORIS
Les Portes de Damas

487. DOMINIQUE LEGRAND
Décorum

488. COLLECTIF sous la direction de JEAN-MICHEL RIBES
Merci Bernard

489. INTERNATIONALE DE L'IMAGINAIRE N° 14
Eros & Hippos

490. STEFANO BENNI
Le Bar sous la mer

491. FRANCIS ZAMPONI
Le Don du sang

492. JAMAL MAHJOUB
Le Télescope de Rachid

493. FÉDOR DOSTOÏEVSKI
Les Pauvres Gens

494. GUILLAUME LE TOUZE
Dis-moi quelque chose

495. HEINRICH VON KLEIST
Théâtre complet

496. VIRGINIE LOU
Eloge de la lumière au temps des dinosaures

497. TASSADIT IMACHE
Presque un frère

498. NANCY HUSTON
Désirs et réalités

499. LUC SANTE
L'Effet des faits

500. YI MUNYŎL
Le Poète

501. PATRÍCIA MELO
Eloge du mensonge

502. JULIA VOZNESENSKAYA
Le Décaméron des femmes

503. ILAN DURAN COHEN
Le Fils de la sardine

504. AMINATA DRAMANE TRAORÉ
L'Etau

505. ASSIA DJEBAR
Oran, langue morte

506. V. KHOURY-GHATA
La Maestra

507. ANNA ENQUIST
Le Chef-d'œuvre

508. FÉDOR DOSTOÏEVSKI
Une sale histoire

509. ALAIN GUÉDÉ
Monsieur de Saint-George

510. SELMA LAGERLÖF
Le Banni

511. PER OLOV ENQUIST
Le Cinquième Hiver du magnétiseur

512. DON DELILLO
Mao II

513. MARIA IORDANIDOU
Loxandra

514. PLAUTE
La Marmite *suivi de* Pseudolus

515. NANCY HUSTON
Prodige

516. GÖRAN TUNSTRÖM
Le Buveur de lune

517. LYONEL TROUILLOT
Rue des Pas-Perdus

518. REINALDO ARENAS
Voyage à La Havane

519. JOE BRAINARD
I Remember

520. GERT HOFMANN
Notre philosophe

521. HARRY MULISCH
Deux femmes

522. NAGUIB MAHFOUZ
Le Mendiant

523. ANNE BRAGANCE
Changement de cavalière

524. ARTHUR SCHOPENHAUER
Essai sur les femmes

525. INTERNATIONALE DE L'IMAGINAIRE N° 15
Les Spectacles des autres

526. FÉDOR DOSTOÏEVSKI
Les Frères Karamazov (vol. I)

527. FÉDOR DOSTOÏEVSKI
Les Frères Karamazov (vol. II)

528. ANNE GUGLIELMETTI
Le Domaine

529. STEFANO BENNI
Bar 2000

530. ALAIN GRESH ET TARIQ RAMADAN
L'Islam en questions

531. YÔKO OGAWA
Hôtel Iris

532. WILLIAM KOTZWINKLE
Le Nageur dans la mer secrète

533. YASMINE CHAMI-KETTANI
Cérémonie

534. SÉBASTIEN LAPAQUE
Georges Bernanos encore une fois

535. HANAN EL-CHEIKH
Le Cimetière des rêves

536. ALAN DUFF
L'Ame des guerriers

537. JEAN-YVES LOUDE
Cap-Vert, notes atlantiques

538. YOURI RYTKHÈOU
L'Etrangère aux yeux bleus

539. GEORGE SAND
Antonia

540. GEORGE SAND
La Marquise, Lavinia, Metella, Mattea

541. RUSSELL BANKS
L'Ange sur le toit

542. BARBARA GOWDY
Un lieu sûr

543. NAGUIB MAHFOUZ
L'Amour au pied des pyramides

544. ALEXIS WRIGHT
Les Plaines de l'espoir

545. NAOMI KLEIN
No logo

546. REZVANI
L'Origine du monde

547. CLAUDE PUJADE-RENAUD
Platon était malade

548. NANCY HUSTON
Dolce agonia

549. GÉRARD DE CORTANZE
Cyclone

550. ANNE BRAGANCE
Le Lit

551. RAYMOND JEAN
Un portrait de Sade

552. ZOÉ VALDÉS
Cher premier amour

553. PER OLOV ENQUIST
Le Médecin personnel du roi

554. SONALLAH IBRAHIM
Les Années de Zeth

555. MAHMOUD DARWICH
La Palestine comme métaphore

556. PAUL AUSTER
Je pensais que mon père était Dieu

557. ANNE-MARIE GARAT
Les Mal Famées

558. PRUNE BERGE
T'es pas ma mère

559. ANTON DONTCHEV
Les Cent Frères de Manol

COÉDITION ACTES SUD – LEMÉAC